보도방 1

KB150164

보도방 1

초판 인쇄 2021년 9월 11일
초판 발행 2021년 9월 15일

지은이　　이진수
펴낸이　　김태헌
펴낸곳　　스타파이브

주소　　　경기도 고양시 일산서구 대산로 53
출판등록　2021년 3월 11일 제2021-000062호
전화　　　031-911-3416
팩스　　　031-911-3417
전자우편　meko7@paran.com

반도방 |

| 이진수 지음 |

　오랫동안 취재에 매달렸다. 매춘의 온상인〈보도방〉의 실태와 그곳에 몸담고 있는 사람들의 실상을 보다 생동감 있게 전달하기 위해서였다. 취재를 하면서, 누군가는 다뤄야 할 문제임에도 불구하고 다들 딴 짓-모른 척하고 있는 걸까?-만 하고 있다는 생각이 들자 사명감 같은 것이 생겨났다. 문제는 모텔이나 단란주점에 여자들을 공급해주는 보도방이나 몸을 파는 여성들이나 폭력조직이 아니다. 보다 근본적인 문제는 인간의 본능과 성이 상품화되는 사회, 그리고 그것들을 마냥 부인하며 점잔만 빼는 우리의 문화적 풍토인 것이다. 누군가는 용기를 내야 한다. 그곳에 그들이 있고, 그곳에서 그런 일들이 벌어지고 있다는 사실을 인정해야 한다. 이 책은 현장 고발이나 실상을 알리는 것 외에, 우리 모두 가슴을 열고 이제부터라도 우리 곁에 바짝 다가와 있는 현실에 대해 솔직해지자는 뜻에서 쓰여졌다. 왜냐하면, 그곳도 사람이 사는 세상이기 때문이다.

CONTENTS
차 례

사람 사는 세상

강종혁은 출소한 이후로 마땅히 할 일이 없었다.

교도소 안에서 뺑이를 치다가 나와서 새 마음 새 뜻으로 살자고 각오를 다졌지만 그래도 사회에도 배운 게 도둑질이라고, 배짱만 두둑이 늘어서 나왔으므로 사회에서 해볼 만한 일이 눈에 들어오지를 않았다.

가진 놈들이 다 해먹은 세상에서 배운 거 없고, 가진 게 없는 그로선 몸뚱이 하나밖에 없었다. 겉은 번지르르한 자신의 외모를 팔 만한 데라도 없을까 생각하다가 기껏 생각해낸 것이 보도방을 시작하자는 생각이었다.

보도방.

보지도매상이라는 말의 약칭이라는 말을 사람들은 알기나 할까. 보도방을 하는 그들만의 언어일 뿐이었다.

빵간에 있을 때에 같은 방에 있었던 형민이가 보도방의 고수가 아니었던가. 형민이는 보도방을 하다가 재수 없게 걸려 들어와 실형 1년을 선고받고 지방 교도소로 이감을 가버리고 나서 종혁은 2심 재판에서 벌금형으로 나오게 된 것이다.

'면회나 가볼까? 안동교도소라면 멀기는 한다…'

형민이가 서울에서 먼 안동교도소에서에까지 이감을 가버리고 나자 방 안 사람들은 꽤나 심심했던 것이다. 맨날 밤마다 여자 이야기로 방 사람들을 죽여주던 형민의 입담은 매일 새로운 화젯거리를 만들어내곤 했던 것이다.

'그래. 어차피 나는 백수인데 서울에 있어봐야 할 일도 없고…'

종혁은 자신이 완전한 백수라는 걸 자신이 더 잘 알고 있었다. 일단 보도방에 대해서 형민에게 물어보는 것도 괜찮은 일이라고 생각되었다.

중앙고속도로를 이용해서 안동에 도착한 그는 안동교도소로 향했다.

접견실에서 면회를 신청한 그는 채 20분도 안 돼서 면회실로 들어갈 수 있었다."

"형!"

형민은 면회실로 들어섰다가 강종혁이 반갑게 소리치는걸 보고선 깜짝 놀랐다."

"어쩐 일이냐?"

"그동안 잘 지냈어? 형!"

"응, 그래. 굉장히 반갑다. 야. 바깥에는 재미있냐?"

형민은 그것부터 궁금했다. 영등포구치소에 있을 때에 같은 방에 있다가 헤어진 뒤로 처음 만나는 것이었다."

"재미는 머. 아직까지 백수로 있는 거지 머."

"하하. 백수가 좋잖아?"

"형! 얼마나 남았어?"

"아직 6개월 남았다. 6개월 남은 놈을 이곳까지 이감을 시키니 말이야. 씨팔!"

형민은 서울에 있는 교도소나 안양이나 의정부 쪽으로 이감을 갈 줄 알았다가 먼 곳인 안동교도소에서까지 이감을 와버린 것이다."

"다 됐네 머. 형!""

"왜?"

"나 보도방 좀 해 볼까 하는데. 어때?"

"보도방? 하하. 네가 해 보려고? 여자 있냐?"

"여자야 만들면 되지 머. 근데 보도방 해도 괜찮을까? 어때?"

"야야. 그게 쉬운 줄 아니? 걸리면 나처럼 이런 짝 난다. 그거 각오하고 해야 돼. 임마."

"알았어. 끽해 봐야 1년 아냐? 1년 정도야 못 살겠어?"

종혁은 만일의 경우에 보도방을 하다가 걸렸을 때에 받을 형량을 생각한 것이었다."

"하하. 그럼 되지 머. 1년 정도 살 각오하면 돼. 근데 못지게 빠진 까이들이 있어야 장사가 잘 되지. 임마. 까이들이 쭉 쭉빵빵해야 돈 벌어.”

“그건 내가 알아서 할게. 빨리 말해 줘 봐. 어떻게 하는지.”

“하하. 이 자식이 돈에 미쳤나.”

“형! 나 좀 더 구체적으로 알고 싶어서 그래. 자세히 말해 줘 봐!”

“그래! 일단 단란주점이나 모텔에 대줄 때엔 무조건 5만 원 이다. 모텔은 숏타임이고. 그것 알지?”

“응. 알아! 또?”

“5만 원 받으면 넌 만 원씩만 떼면 돼. 무조건 만 원만 떼. 그 이상 떼면 애들이 흥이 안 나니까 넌 무조건 한 건당 만 원 만 떼고 다 줘. 그러면 애들이 돈벌이가 괜찮으니까 너한테 오래 붙어 있어. 단란주점은 시간이 기니까 모텔보다는 장사 가 안 돼. 그니까 단란주점하고 모텔하고 비교해서 모텔 쪽을 많이 뚫는 게 너한테는 이익이야. 알지?”

“응. 알았어. 또?”

종혁은 형민이 빨리 말하기를 원했다. 짧은 면회 시간에 간 단명료하게 핵심적인 이야기를 듣고 싶어서 안동교도소까지 달려온 것이었다.

“애들 관리를 잘해야 돼. 만약 애들이 반란을 일으키면 골 치 아픈 거야. 경찰에다 찔러 버리면 넌 꼼짝없이 걸려 들어 가게 되니까. 그리고 미성년자를 쓰면 좋은데 말이야. 미성년

자를 쓰면 나중에 걸렸을 때에 절대로 못 빠져나가. 그거 알
지?"

"응. 알았어."

"요즘 이 안에서 보니까 미성년자일 때는 형량이 많이 올라
가더라. 그거 조심해라."

"응."

"모텔을 뚫었을 때는 무슨 일이 있어도 이쁜 애들을 잘 밀
어 넣어 줘야 돼. 바쁘다고 해서 한 번 놓치면 다른 놈이 까이
를 집어넣게 되고 그 길로 그 모텔하고 거래가 끊기는 거야.
그것도 모텔 관리하는 거니까 신경 써서 하면 돼."

"알았어. 까이 한 이십 명 정도 만들어놓고 시작하면 될까?
걔들 잠자는 방은 어떻게 하지?"

"응. 그건 니가 방을 얻어서 합숙시키면서 하숙비 조로 돈
을 받아도 되고. 아니면 걔들이 지들끼리 방을 얻어서 자취
를 하면서 출퇴근시켜도 좋고. 근데 니가 걔들을 합숙시키는
것이 돈벌이가 더 좋지. 그렇게 하면 하숙비도 받고, 돈이 필
요한 애가 있으면 돈 빌려주면서 이자까지 받아 챙길 수 있거
든. 관리하기엔 합숙을 시키는 것이 더 좋아."

"으응."

종혁은 알았다는 듯이 고개를 끄덕였다.

"곧 시작할 거야?"

"응. 할 일 없이 놀고 자빠져 있기가 그래서 그래. 형이 나

오면 나중에 나하고 같이 할까?"

종혁은 형에게 말하듯 스스럼없이 말을 했다. 형이라고 부르면서 마치 친구처럼 말을 놓는 것이었다.

"그것도 좋지! 나도 나가 봐야 할 것도 없고. 니하고 같이 해 봐? 하하."

"그러지 머. 그동안에 내가 이쁜 까이들 많이 꼬셔 놓을게. 형이 나오게 되면 더 크게 한 번 하는 거지 머."

"좋아! 이번엔 크게 한 번 하는 거다. 하하"

"형. 먹을 거 뭐 넣어주고 갈까? 시간이 다 됐어."

종혁이 면회가 끝났다는 벨소리를 듣고서 얼른 물었다.

"방에 열 명 있어. 먹을 건 알아서 넣고, 돈이나 있으면 좀 넣고 가."

"응. 그럼 됐어?"

"잘 되면 가끔 한 번씩 와라."

"알았어, 형. 뺑이 쳐, 갈게."

종혁이 손을 들어 보이자. 형민도 면회실을 빠져나가면서 손을 들어 보였다.

면회를 마치고 안동에서 올라온 종혁은 그 날부터 바빠지기 시작했다.

그는 밤마다 노랗게 염색한 머리에 무스를 바르고선 소위 물 좋다는 곳만 골라 다녔다. 얼굴이 이쁜 애들을 만나려면

물 좋은 곳으로 가서 놀아야 한다는 것이 그의 생각이었다.

돈이 없으면 친구한테서 빌려서 신촌으로 나갔다.

나이트클럽에 들어가면 종혁은 나르는 물총새처럼 귀공자 티가 났다. 잘 생긴 얼굴에다 훤칠한 키가 춤을 추는 데에 받쳐주었다.

여자들이 춤을 추는 곳으로 가서 같이 춤을 추고 있으면 여자한테서 싫은 내색을 받아보진 않았다.

"누구랑 같이 왔어야?"

한참 춤을 추다가 여자한테 물어보았다.

"친구랑 왔어야. 저기서 춤추는 애…"

여자애들은 따로 놀고 있었다.

"그러면 제 테이블에 와서 같이 놀면 안 될까요?"

"아. 좋죠 머."

여자애는 흔쾌히 승낙을 해왔다.

"전 혼자 왔습니다. 기분 좀 풀려고 왔는데. 미국에서 시험이 끝나서 잠깐 쉬러 왔거든요."

"그럼 유학생이세요?"

"네."

여자애는 유학생이라는 말에 호감을 갖는 듯했다. 좀 너 같이 춤을 추다가 각자의 테이블로 헤어졌다. 그러나 곧 그 여자애가 같이 왔다는 여자애랑 같이 테이블로 다가왔다.

"앉아도 돼요?"

같이 춤을 춘 여자애가 물었다."

"네. 앉으세요. 여긴 친구분?"

"네. 처음 뵈요."

옆에 서 있던 친구라는 여자애가 고개를 까닥하고는 친구랑 같이 앞자리에 앉았다.

"술 한 잔 하시죠."

종혁은 일부러 비싼 양주를 시켜놓고 있었다. 이럴 때를 대비해서 비싼 술을 시킨 것이다.

그는 술병을 집어들었다.

"네. 고마워요."

여자애들은 둘이라는 것 때문인지 나이트에서 남자에 대해서 별로 거리감을 두지 않았다.

술잔을 받은 그녀들은 서로 눈짓을 오가면서 앞에 앉은 남자에 대해서 호감의 눈길을 보내고 있었다.

"전 미국에서도 혼자 이렇게 술집에 잘 갑니다."

"왜요? 친구 없어요?"

여자가 물었다.

"있긴 있죠. 그러나 공부 때문에 서로 만날 시간이 별로 안 맞거든요. 내가 공부할 때는 그 친구가 시간이 널널하고. 내가 한가할 때는 그 친구가 바빠서 잘 만나지 못하죠. 그래서 차라리 혼자 가는 것이 더 편해요. 미국엔 술집에 가면 금방 친해질 수 있거든요."

"학교가 어딘데요?"

"뉴욕주립대요. 이제 3학년입니다."

"그럼 곧 졸업하겠네요? 졸업하면 한국으로 오겠네요?"

"그건 모르겠어요. 교수님이 연구실에 남으라고 할지…."

"아, 그럼 공부 잘하시는가 보다. 그죠?"

여자애들은 순진하기만 했다.

"뭘요. 슬슬 놀아가면서 공부하는 거죠. 그래도 학점이 나오니까 교수님이 이뻐해 주시는 거죠 머."

종혁은 거짓말을 했다. 자신은 지금 머리통에 든 게 하나도 없었지만 주어들은 말을 그대로 옮겨놓고 있었지만 여자애들은 곧이곧대로 듣고 있었다.

"그럼 한국에 놀러 온 거네요?"

"잠깐 쉬러 온 거죠."

집은 어디세요?

여자들은 그것이 궁금한 모양이었다.

"반포에 삽니다. 아버지는 회장이시고. 어머니는 따로 작은 회사의 사장이시고요."

"우와! 그러세요?"

여자애들은 눈알이 뒤집히기라도 하는 듯이 그를 쳐다보았다.

"네, 하하. 그러니까 미국에 들어가서 공부하는 거죠. 미국보다는 한국이 놀기 좋아요."

이 말을 할 때에는 제법 순진한 척했다.

"어디 살아요?"

이번엔 종혁이 물었다.

"전 사당동 살고요. 애는 서초동 살아요."

"그럼 고등학교 동창? 아니면 대학 친구?"

"우리는 고등학교. 대학 친구예요."

"네에. 그럼 재미있으시겠다."

"네. 가끔 만나서 술 마시러 와요."

미라와 진희는 재수를 하고 있음에도 대학에 다닌다고 거짓말을 치고 있었다. 종혁은 이미 대학생이 아니란 걸 알면서도 모르는 척 했다.

그들은 기분 좋게 술잔을 주고받았다. 자연스럽게 부킹이 된 그들은 마치 친구 사이인 것처럼 금방 가까워졌다.

여자애들은 금방 술에 취한 듯했다.

'하긴, 니들이 별 수 있겠냐.'

종혁은 속으로 양주를 시키기를 잘했다고 생각했다. 양주에 뿅 가버린 여자애들은 혀 꼬부라진 말소리를 냈다.

"오늘 어때요? 오늘 만난 기념으로 밤새워서 노는 게 어때요?"

종혁이 슬쩍 그런 제의를 했다.

"좋아요! 넌 어때?"

미라가 먼저 승낙을 하고서 진희의 얼굴을 쳐다보았다. 진희 역시 돈 많은 집의 유학생을 만났다는 것에 대해 후회함이 없었다.

"좋지 머. 내일 강의 빼먹지 머."

"좋아! 그래. 코가 삐뚤어지게 마시는 거야."

"하하. 좋습니다!"

종혁은 다시 양주 한 병을 더 시키고는 과일 안주로 하나 더 시켰다.

양주를 한 병을 다 비우고 나자 여자애들은 헤롱거리기 시작했다.

무대로 나가 춤을 추었지만 몸이 흐느적거렸다.

종혁은 술을 마시는 척하면서 밑으로 버려 버렸지만 순진한 여자애들은 종혁이 따라주는 술을 의심 없이 그대로 받아 마셨다.

나이트에서 나온 그들은 다시 포장마차로 향했다.

대개 그런 곳에서 나오게 되면 2차로 근처에 있는 포장마차로 가서 꼼장어에다 소주를 마시는 것이 다반사였다.

"오늘 기분이 좋습니다. 하하"

"네. 그래요. 저희들도 좋아요. 술이 취하네."

여자애들은 이제 술이 취한 것이 아니라, 벌써 아까부터 술이 취해 있었던 것이다. 젊은이들끼리의 만남. 무엇이 두려울 것이 있겠는가.

포장마차 안에서 다시 술잔이 오갔다.

소주 한 병을 거뜬히 비운 그들은 오래된 친구처럼 친밀해
져 갔다.

"내일 뭐합니까?"

종혁이 물었다.

"우리요? 저녁에요?"

"네."

"흐으, 내일 저녁에 뭐할까?"

미라가 진희보고 물었다.

"내일 또 만날래요? 어때요?"

진희가 이번엔 종혁에게 물어왔다.

"좋습니다! 내일도 나이트에서 보죠. 몇 시에?"

"저녁 아홉 시 어때요? 더 일찍 만나면 나이트에 가 봐야
시시해서…"

"그러죠 머."

종혁은 기분 좋게 대답을 했다.

소주 두 병을 비우고서야 그들은 자리에서 일어났다.

서로 악수를 하고는 기분 좋게 헤어졌다. 종혁은 택시를 타
는 곳으로 걸어가면서 그 여자애들이 자신을 지켜보고 있을
것이라 생각했다.

길 건너편으로 가서 택시를 잡기 위해 서 있는데 건너편에
서 있던 여자애들이 손을 흔들며 아는 채를 해 왔다.

종혁도 손을 들어서 잘 가라는 듯이 인사를 해 주었다.

'자식들. 좆도 모르는 것들이. 좀 있으면 니들은 내 밥이 되는 거야.'

그녀들이 택시를 타고서 떠나는 것을 보면서 종혁은 슬며시 웃음을 지었다.

새벽 늦게 집으로 돌아온 그는 샤워를 하고는 좁은 방으로 들어갔다.

알몸인 채로 책상 앞으로 가서 앉아서 컴퓨터는 켰다.

인터넷으로 접속을 해서 'tellmeclub'으로 들어갔다.

여자 혼자 있는 방으로 들어갔다.

'안녕하세요'

종혁이 들어서자마자 여자한테 인사를 보냈다.

'하이~ 어서 와여~.'

여자한테서 곧 인사말이 다가왔다.

'혼자? 외로우세요?'

'넹~ 안 외로운가여?'

'후후~ 인간은 다들 외롭죠~ 거기 어디죠?'

'여긴 서울. 꼬레아~ 후후~.'

'얼굴이 이뻐요?'

'그럼요~ 몸매도 끝내주지여~ 호호~.'

'허리 얼마? 키는'

'유는? 숙녀한테 물어 보다니. 호호~'

'난 키 171. 몸무게 58키로. 미남임. 현재 미국에서 공부하다 방학이라 다니러 왔음.'

'엉?'

여자가 놀라는 듯했다.

'왜여?'

'오머! 내가 찾는 킹카닷! 돈 많아요?'

'흐흐~ 돈이라면 넘칠 정도~ 시간 많은~ 언더스텐?'

'아우! 좋아~ 호호. 나 만나면 뿅 갈 건데… 한 번 보여줘봐?'

'오케! 지금 당장 어때?'

벌써 그들은 존칭어를 생략하고 있었다. 존칭어를 생략한다느 건 곧 친구라는 뜻이었다.

'나이는?'

여자가 물어왔다.

'24.'

'옷! 나보다 네 살 많네! 오케바리!'

'어디로 나올래?'

종혁은 기회를 놓치지 않기 위해서 재빨리 선수를 쳤다.

'물 좋은 데로 정해. 오늘 나 시간 많아.'

'좋아! 좀 전에 나이트에 갔다가 왔으니까. 차로 만나지. 차 있냐?'

'없어! 난 가난한 공주야! 흑기사 만나야 돼~ 후후~.'

'그럼 내가 흑기사야~ 지금 나올래?'

'오디로?'

'암 데나 정해. 집이 어디야?'

'사당동. 넌?'

'난 강남이야. 가까워.'

'알써~ 오디로 나갈까? 오늘 나 쥑여 줄 수 있어?'

'오케이! 좋아! 사당동 전철역으로 나갈게. 거기서 만날까?'

'몇 분 걸려?'

'30분!'

'알써~ 1번 출구에서 기다릴게. 이 시간에 젤 이쁜 애가 서 있으면 바로 나야. 호호~'

'좋아! 지금 쏜다! 딱 30분 뒤에 만나.'

'응. 오늘 나 쥑여 줘~ 나도 나갈게.'

그리고선 그들의 대화방에서 나갔다.

종혁은 컴퓨터를 끄자마자 곧바로 옷을 입기 시작했다. 일단 그물에 걸린 애는 즉석에서 만나서 통닭구이를 해 먹는 것이 마땅한 일이었다.

밖으로 나온 그는 골목에 주차돼 있는 차에 올라타고선 시동을 걸었다.

새벽인지라 사당동까지는 불과 20분만에 도착할 수 있었다.

차에서 나온 그는 밖에서 담배에 불을 붙여 물고 있었다. 호나한 사당동 사거리이지만 돌아다니는 사람은 그리 많지 않았다.

'후우. 어떤 년이 나올까? 지 말로는 몸매 하난 쥑여 준다고 그랬으니.'

종혁은 상상만 할 뿐이었다. 감히 못 생긴 애가 잘 생겼다고 뻥을 칠 수는 없을 거라고 생각했다.

'돈? 처음엔 10만 원만 쥐도 좋아라 하겠지. 잘하면 몸으로 때울 수도 있고.'

채팅에서 번섹으로 만나는 마당에 돈부터 개입시키는 건 별로 달갑지 않았다.

10분 정도 지났을까.

인도 쪽으로 걸어오는 여자애가 있었다. 하얀 바지를 입은 여자애는 멀리서부터 종혁의 차를 알아보고선 곧장 1번 출구로 다가오고 있었다.

한 눈에 봐도 꽤나 잘 빠진 여자애였다. 앳된 모습이긴 했지만 제법 놀아난 여자애라는 걸 알 수 있었다.

"안녕하세요? 종혁 씨?"

여자애가 먼저 인사말을 걸어왔다.

"네. 강종혁입니다. 설동옥 맞지?"

"네."

"타지."

종혁은 차 문을 열어주었다. 조수석에 올라탄 그녀는 종혁의 옆얼굴부터 살폈다.

"꽤나 잘 놀 거 같은 오빠네요?"

"잘 놀긴. 하하. 동옥이만큼 놀지 머."

차는 어느새 사당동 사거리를 벗어나고 있었다.

서초동 쪽으로 달리고 있었다.

"채팅에서 여자 많이 만나요?"

설동옥은 그게 궁금한 듯했다.

"가끔 만나지. 이번엔 한국에 온지 얼마 안 돼. 동옥이가 첫 번째야."

"무슨 말?"

후후. 한국에 올 때마다 나이트 같은 데 가서 만나지. 채팅에서 만난 건 동옥이가 첫 번째라고.

"아…"

"동옥이는 채팅에서 남자들 많이 만나?"

"친구는 좀 있어요. 근데…"

"왜?"

마음에 드는 친구가 없어요."

"하하. 그럼 내가 마음에 든다는 얘긴가? 나 어때?"

종혁이 직선적으로 말을 했다.

"오빠는 마음에 들어요."

"흠. 그럼 됐어. 저기로 올라갈까?"

종혁은 서초동 예술의 전당 옆을 끼고서 대성사로 올라가는 언덕길로 접어들었다.

"네."

차는 대성사 입구의 언덕바지 공터에서 멈췄다.

"담배 피울 줄 알지?"

종혁은 담배를 꺼내 동옥에게 내밀었다.

동옥이 담배를 꺼내 입에 무는 것을 보고서 라이터를 켜서 불을 붙여 주었다.

두 사람은 담배를 피우기 시작했다.

"나 미국 들어가기 전에 동옥이하고 놀까?"

"…"

동옥은 묵묵히 담배만 피우고 있었다.

"돈이 필요하면 줄 수 있지. 어때?"

"좋아요."

동옥의 답이 떨어지기를 기다렸다는 듯이 종혁은 피우던 담배를 비벼 꺼버렸다.

"누워봐."

아직 담배를 들고 있는 동옥에게 그는 의자를 뒤로 젖혀주었다. 동옥이 얼른 담뱃불을 밖으로 내던져버렸다.

종혁은 그녀를 뒤로 눕히고는 키스부터 퍼부었다. 달콤했다. 일단 키스를 받은 동옥은 그 다음으로 종혁이 옷을 벗기는 데에도 가만히 있었다.

바지의 지퍼를 내리고는 아래로 내렸다. 하얀 팬티가 드러났다. 그는 팬티마저 벗겨 내리고는 입을 갖다댔다.

"아…. 오빠."

동옥이 몸을 비트는 것을 보면서 그는 자신이 입고 있는 바지를 벗겨 내렸다. 이미 그의 물건은 팽팽하게 서 있는 상태였다.

간단한 애무에도 그녀는 녹아나는 듯 했다.

힘있게 불끈 선 뿌리를 집어넣자 동옥은 신음소리를 내며 그를 받아들였다. 두 사람은 차 안이라는 걸 잊은 듯이 서로를 끌어안았다.

종혁의 아랫도리가 힘있게 움직이기 시작했다.

밑에서 철벅대는 소리가 들려나왔다.

"아… 오빠."

동옥의 입에서 간절한 목소리가 흘러나왔다.

종혁의 몸은 인정사정 없이 내려찧었다. 좁은 공간에서 짜릿한 쾌감만이 온 전신을 파고들었다.

그녀의 다리를 들어올리고는 더욱 힘있게 들이박자. 그녀는 좋아 죽을 것처럼 종혁의 목덜미를 잡고서 세게 끌어당겼다.

"아. 오빠. 좋아! 너무 좋아!"

"좋아?"

"응. 오빠 세네."

"하하. 미국서 공부는 안 하고 이거만 배웠지. 기분 좋지?"

"응. 미치겠어."

동옥의 말을 들으면서 종혁은 이미 사정을 하고 있었다.

"아…"

두 사람은 이내 하던 동작을 멈추었다.

사정이 끝나고 난 종혁은 아쉬움이 그대로 남아 있었다. 이번엔 그녀의 목덜미와 젖가슴을 혀로 핥아대기 시작했다.

"아. 미치겠어! 더 해 줘."

"하하. 끝났어."

그제야 몸을 일으킨 그는 옷을 입기 시작했다.

여자란 아쉬움이 남아 있을 때에 끝나 버려야 다음에도 더 간절해지기 마련이었다. 종혁은 감방 안에서 배운 그대로 실행하고 있는 것이었다.

"오빠."

옷을 입은 동옥이 친밀스럽게 불렀다.

"응?"

"한국에 오래 있어?"

"이번엔 시험이 끝났으니까 좀 오래 있다가 들어가려고 그래. 왜?"

"나랑 같이 놀러 가. 괜찮지?"

"아. 좋아. 그거야 좋지."

"정말? 아이, 좋아!"

동옥은 마치 몸 거래를 끝낸 여자처럼 이미 종혁에게 마음을 빼앗기고 있었다.

"그래. 돈 좀 줄까?"

"아냐. 됐어. 난 오빠가 돈 준다고 하는 말 싫어. 오빠를 만나는 것이 더 좋겠어."

동옥은 이미 몸을 준 상태에서 만족스러울 뿐이었다.

"하하. 그래. 담에 옷 한 벌 사주지. 그러면 됐냐?"

"응. 고마워."

"연락처 좀 줘라. 내 꺼도 줄께."

종혁은 실내등을 켜서 종이와 볼펜을 꺼냈다.

동옥이 먼저 자신의 핸드폰 번호를 적어주고는 종혁이 적어준 핸드폰 번호를 바지 주머니 속에 집어넣었다.

"이제 가지. 괜찮지?"

"좀 더 있으면 안 돼? 난 이대로 좀 더 있다가 내려갔으면 좋겠는데."

"자야지. 너무 늦었어. 집에서 맨날 늦게 들어온다고 야단이야. 내일 또 만나지 머."

종혁은 일부러 거짓말을 했다. 그래야만 동옥이 생각하기에도 돈이 많은 집안의 아들이라서 밤늦게 다닌다는 것이 걱정스럽다는 듯이 말을 던졌다.

"그럼 할 수 없지 머."

"하하. 내일 또 만나. 난 한국에 오래 놀다가 미국 들어갈 테니까."

종혁은 시동을 걸었다.

차는 다시 언덕길을 내려오기 시작했다.

사당동 역에서 그녀를 내려준 뒤에 종혁은 곧바로 집으로 향했다.

'후후, 몸매 하나는 끝내주는군.'

종혁이 생각하기에도 유학생이라는 말 한 마디에 동옥이 껌벅 넘어가 주는 것이 대견스럽기도 했다.

'어차피 저런 년은 어떤 놈을 물어도 물 년이니까…'

그는 스스로 자위를 하면서 죄의식을 느끼지 못했다.

옷을 벗고 나서 다시 인터넷 채팅을 하려고 들어가는데 핸드폰이 울렸다.

"오빠, 나야. 집에 잘 들어갔어?"

동옥이었다.

"응. 잘 들어갔니?"

응. 오빠가 집에 도착했을 거 같아서 전화를 했어. 오늘 기분이 좋았어?

"하하. 그래. 넌?"

"나두. 난 이런 경험 첨이야."

동옥이 하는 말이 거짓말인 줄 알면서도 종혁은 그대로 믿는 척했다.

"그래. 오늘 기분이 좋아서 그런 거야. 나도 무지 좋았어. 오늘 한 거 기념으로 뭘 해 주고 싶은데 어떤 게 좋을까?"

종혁은 몸값으로 적어도 10만 원 정도는 줘야 할 것 같았기에 그 돈으로 차라리 환심이라도 사기 위해 그런 말을 던졌다.

"아냐. 됐어. 나도 아르바이트를 해서 오빠한테 선물을 해주고 싶은 걸."

"하하. 됐어. 나 돈 많아. 그런 거 생각하지 마."

"그래도…"

동옥은 이미 종혁의 노예가 되어 있었다. 한 번의 격렬한 섹스로 인해 쉽게 빠져드는 그녀였다.

쉽게 달아오른 동옥은 어쩌면 순진한 면도 없지 않았다. 종혁은 동옥의 그런 제의가 싫지 않았다.

"이제 자. 내 꿈 꿔. 알았지?"

종혁이 그렇게 말하자.

"응. 알았어. 오빠도 내 꿈 꿔? 알았지?"

동옥도 그렇게 나왔다.

"그래. 꿈에서 만나서 또 할까?"

종혁이 웃으면서 말하자.

"그래. 오빠, 나도 그러고 싶어."

동옥이 반기는 투였다.

"하하. 그래. 잘 자. 안녕."

그제야 두 사람의 통화는 끝이 났다.

수화기를 놓은 종혁은 이제 자야겠다고 생각했다. 모처럼 만에 생각지도 않게 동옥을 만나 섹스를 하고 났더니 몸이 개

운한 듯 하면서도 피곤해 왔다.

　잠자리에 든 그는 나이트에서 만난 미라와 진희의 알몸을 상상하기 시작했다.

　쭉 빠진 몸매에다 얼굴이 이쁜 걔들도 벗겨놓으면 동옥과 같이 싱싱한 은어 같을까? 좁은 차안이라서 동옥의 몸을 마음껏 보진 못했지만 하얀 바지를 내릴 때의 아랫도리는 아직도 잊을 수가 없었다.

　'후우. 아주 맛있게 생겼던데…'

　종혁의 상상력은 동옥의 벗겨놓은 알몸으로 옮아가고 있었다. 짧은 시간이었지만 긴시간인 것처럼 아쉬움이 남았다.

　'후후. 이제 본격적으로 사업을 시작하는 거야. 니들이 벌어다주는 돈으로 나는 떵떵거리며 살 테니까. 둘 다 좋은 거지 머.'

　그는 그런 식으로 위안을 삼았다.

　누워 있었지만 쉽게 잠이 오질 않았다.

　짜릿했던 감흥이 쉽게 가라앉질 않았다.

　늦게서야 잠이 든 종혁은 오전 내내 꿈속에서 헤매다가 핸드폰 벨소리에 잠이 깼다.

　'누구지?'

　그는 핸드폰 뚜껑을 열다가 얼른 미라와 진희의 전화일지도 모른다는 생각이 들었다. 그는 곧 목소리를 다듬고선 차분한 음성으로 전화를 받았다.

"네."

종혁이 대답하자.

"안녕하세요? 어제 만났던… 아시죠?"

미라였다.

"네. 어제 잘 들어갔죠? 전화한다는 게 아침에 바빠서 못했습니다."

종혁은 자신도 모르게 존칭어를 쓰고 있었다.

"네, 잘 들어갔어요. 어젯밤에는 즐거웠고요. 진희도 즐거웠다고 말하데요."

하하. 네, 그랬다면 다행입니다. 저도 좋았습니다.

종혁은 깍듯이 예의를 갖췄다.

"오늘 만나실 수 있어요?"

그녀가 넌지시 말을 해왔다.

"네? 언제요? 저녁에요?"

"아뇨. 지금 나오실 수 있는지… 진희는 지금 바빠요?"

미라는 그렇게 말하고선 얼굴이 붉어졌다. 진희 몰래 먼저 종혁을 만나고 싶은 마음이었다.

"아. 네. 좋죠. 지금 나가죠 머."

종혁은 잘됐다 싶었다. 곧 만날 약속 장소를 정하고선 샤워를 하기 시작했다.

밖으로 나온 그는 통장에 들어 있던 돈을 꺼내 약속 장소로 달렸다.

방배동에 도착해서 그녀가 말한 카페로 들어갔다.

그녀가 벌써 나와 있었다.

"아. 내가 좀 늦었네. 언제 왔어요?"

종혁이 미안한 듯이 말하면서 앞자리에 앉았다.

"괜찮아요. 저도 방금 왔는 걸요."

"뭘 드실래요? 식사는 했어요?"

"아직요."

"그럼 식사부터 합시다. 나도 일이 바빠서 아직 아침도 못 먹었거든요."

"그래요."

미라는 종혁이 아침조차 못 먹었다는 말에 같이 식사를 하고 싶었다.

식사를 시킨 다음에 후식부터 갖다달라고 했다. 곧 커피가 날라져 왔다.

"오늘 보니까 더 미인이네. 하하."

종혁이 진심에서 나온 말처럼 웃으면서 말했다.

"화장 탓이겠죠 머. 오늘 신경을 좀 썼어요 머."

미라도 웃었다.

한참 이야기를 하고 있는데 식사가 나왔다. 식사를 하면서 그들은 좀 더 가까운 사이인 것처럼 다정하게 대화를 나누었다.

"시간이 어때요? 드라이브나 할래요?"

종혁이 묻자.

"네. 좋아요. 어디로 가실 거죠?"

미라는 순순히 나왔다.

"여기서 가까운 곳으로 가죠 머. 미사리나 갔다 올래요? 아니면 양수리까지 갔다 올까요?"

미라의 말에 종혁은 자리에서 일어나서 카운터로 다가갔다. 계산을 마치고는 밖으로 나가서 미라가 탈 수 있도록 차 문을 열어주었다.

미라가 타고 나서 그는 차 문을 닫아주었다.

운전석에 앉았을 때에 미라가 말을 던져왔다.

"미국식이군요."

"아. 네. 하하. 레이디 퍼스트입니다."

종혁은 기분 좋게 웃고는 차를 출발시켰다.

차는 방배동을 빠져나와 88도로를 향해 달렸다.

옆자리에 타고 있는 미라와 같이 달린다는 것은 흥분되는 일이었다.

미사리에 도착해서 조정경기장 안으로 들어갔다. 입구에서 매표를 해서 안으로 들어가자. 널찍한 공원이 나타났다. 종혁은 한적한 미루나무 숲 속으로 들어가서 차를 세웠다.

군데군데 데이트를 즐기는 차들이 서 있었다.

"여기 참 좋네요."

미라가 말을 했다.

"저도 여긴 첨입니다. 한국에 있을 때에도 안 와봤거든요."

"근데 어떻게 아셨어요?"

미라는 제법 여유를 가진 듯이 의자 뒤로 머리를 기대고서 주위를 둘러보았다.

"말은 들었지요. 조용한 곳이라고…"

"저도 여기가 좋네요. 사람이 없어서?"

미라는 단 둘이 차안에 있단는 것이 묘한 감정을 불어 일으켰지만 내색할 수는 없었다.

"제 친구들은 여기 와봤다는 겁니다. 그래서 친구한테서 들었죠."

"네에…"

미라는 대답을 하고선 잠시 창 밖을 내다보면서 생각에 잠기는 듯 했다.

"종혁 씨는 진희가 어때요?"

"네? why?"

"진희랑 같이 왔으면 더 좋았을지도 모른다는 얘기죠 머."

미라는 친구 사이인 진희가 종혁과 더 가까이 지내게 될까 봐 미리 그런 말을 던져본 것이었다.

"아. 난 또 무슨 말이라고 전 진희 씨와는 그냥 친구처럼 지내고 싶습니다. 미라 씨가 더 마음에 드는데요 머."

"그래요? 정말이에요?"

"네. 맞습니다. 오늘 안 그래도 미라 씨가 만나자고 한 것이 기분이 좋았습니다."

"…"

그제야 미라는 마음이 놓였다.

속으로 안도의 한숨을 내쉬었다.

"한국에 있는 동안. 많은 친구들을 사귀고 미국에 들어갈 겁니다."

"네."

"그 중에서 미라 씨가 젤 마음에 들 거고요."

"?"

미라는 종혁의 입에서 그런 말이 나오리라고는 상상치 못한 일이었다.

"정말입니다. 미라 씨와는 특별한 사이이고 싶습니다."

"…"

미라는 창 밖으로 시선을 주었다가 머리를 기대고선 눈을 감았다. 바로 옆에 앉아 있는 남자에게서 그런 말을 듣는다는 건 가슴 설레는 일이었다.

미라는 가슴이 벅찼다.

그에게서 듣고 싶었던 말이 아니던가.

눈을 떴을 때. 어깨 위에 종혁의 손길이 다가와 있었다. 그들은 쉽게 포옹을 하고 말았다.

"…"

미라는 숨이 막힐 것만 같았다. 유학생인 그의 프로포즈를 받은 것이라고 생각되었다.

"미라 씨"

"네…"

"나하고 특별한 관계가 돼요."

"…"

미라는 대답할 수가 없었다.

마음 속으로는 얼마든지 그의 말에 대답을 해주고 싶었지만 섣불리 입이 열리지 않았다.

잠시 머뭇거리는 사이, 종혁은 미라가 앉아 있는 의자를 뒤로 젖혔다. 그리곤 곧장 미라의 위로 올라왔다.

몸 위로 올라온 그는 따듯하기만 했다. 두 사람은 서로를 포옹한 채, 눈빛을 마주치고 있었다.

"미국 들어갈 때까지 특별한 관계로 사귀고 싶어."

"…"

미라는 고개를 끄덕이는 것으로 대답을 대신했다.

"그래도 되지?"

"… ."

미라는 다시 고개를 끄덕였다.

그는 곧 입맞춤을 해 왔다. 뜨거운 키스였다.

키스를 하는 동안, 종혁은 미라의 옷 위로 젖가슴을 어루만졌다. 미라는 그대로 있었다. 그의 등을 껴안은 채로 눈을 감아버렸다.

그는 다시 단추를 풀어헤치고는 브래지어 속으로 손을 집어넣었다. 다시 입술을 갖다대서는 한참 동안 애무를 하기 시작했다.

순간 순간마다 짜릿한 쾌감이 전해져 왔다.

나중에는 미라의 스커트 속으로 손이 들어갔다.

"아…"

미라가 말렸지만 이미 그의 손은 팬티 속으로 들어와 있는 상태였다. 미라는 더 이상 그를 제지하지 못했다.

스커트를 들어올린 그는 팬티를 내리고 있었다.

"안 돼요. 너무 빨라…"

"괜찮아. 우린 특별한 관계야. 응? 괜찮지?"

그의 목소리는 달콤했다. 마치 아이스크림처럼. 약간 숨이 찬 듯한 목소리였다.

"…"

미라가 더 이상 만류하지 않자. 그는 팬티를 밑으로 끌어내렸다.

그리곤 순식간에 바지를 벗어 내린 그가 다시 위로 올라왔을 때는 두 사람 다 결합이 된 상태였다.

"아…"

미라가 신음소리를 뱉자마자 그는 움직이기 시작했다. 차가 흔들거렸다. 그의 몸부림에 미라는 녹아질 듯했다.

짧은 시간이었다.

그는 곧 사정을 하고선 그대로 가만히 있었다.

"안아 줘."

미라가 말했다.

"…"

종혁은 거세게 미라를 안아 주고선 입술을 포갰다. 그의 뿌리가 급격히 시들어져 갔다.

옷을 입은 그들은 다시 제 자리에 앉았다.

"나 사랑해?"

미라가 물었다.

"응."

"그 말 믿어."

"믿어도 돼. 미라를 처음 보는 순간부터 사랑을 느꼈어. 쉽게 느꼈다고 생각하지 마."

"아냐, 사랑은 한 순간에 오는 거야. 마음으로 온다는 거…"

"미라도 그렇게 생각했어?"

이번엔 종혁이 물었다.

"응."

미라는 그 말을 하면서 왠지 쑥쓰러웠다. 그러나 본심이었다. 뜻하지 않게 다가온 사랑이라는 것을 어떻게 말로 표현할 수 있을까.

"하하. 그랬어? 나도 좋았어."

이미 사랑을 나눈 그들로선 더 이상 거리낄 것이 없었다.

서로 손을 맞잡고서 오래도록 이야기를 나누었다.

"이제 가야지? 늦었어."

"응. 근데 헤어지기 싫어."

"하하. 그래. 그건 나도 그래. 나가서 걸어 볼까?"

종혁의 제의에 미라는 선뜻 고개를 끄덕였다. 밖으로 나온 그들은 조정경기장의 호숫가를 거닐었다.

다시 플라타너스 숲이 있는 곳을 거닐었다.

그러다가 차안으로 돌아왔다.

한결 기분이 좋아진 듯했다.

"여기 괜찮지?"

"응. 너무 좋아."

"다음에 또 올까? 저기 나가서 길가에 있는 카페에 가볼래?"

"그래."

미라의 대답에 종혁은 곧 차를 뒤로 뺐냈다. 조정경기장을 돌아 처음 들어왔던 입구로 향했다.

찻길로 나와 길가에 있는 카페로 들어갔다.

카페 안은 라이브 공연이 시작되고 있었다.

"저 가수 아니?"

종혁이 물었다.

"으응, 저 가수가 여기 나오네?"

"여긴 다 가수들만 나와. 한 번도 안 와봤어?"

"말만 들었어. 미사리 카페가 좋다고."

"하하. 그래. 여긴 나이가 좀 든 층들이 많이 오지. 미라야 신촌이나 홍대 앞에서 노는 게 낫지."

종혁이 웃었다.

"피이. 그럼 오빠는 뭐 신촌이나 홍대파 아닌가?"

미라가 입술을 뾰족이 내밀었다.

"무얼 드시겠습니까?"

마침 서빙을 하는 남자가 다가와서 물었다.

"미라. 네가 정해. 난 냉커피로 할 거니까."

종혁이 그렇게 말하자.

"응. 나도 냉커피."

미라도 냉커피를 주문했다.

서빙을 하는 남자가 가고 난 다음에 라이브 가수의 노래를 듣고 있었다.

"오빠는 여기 자주와?"

"아니. 가끔 와."

"여기 분위기 좋다! 그지?"

그제야 미라는 주위의 분위기를 살피는 것이었다.

아늑한 카페 분위기에 매료된 듯했다.

"좋은 카페 많이 알고 있어, 담에 한번 데려가 볼게."

"정말?"

"응."

그때 마침 커피가 나왔다.

그들은 커피를 마시면서 가수가 열창하는 노래를 들었다. 냉커피를 마시고 난 종혁은 얼른 서울로 돌아가고 싶었다. 이제 더 이상 미라를 붙들고 시간을 지체할 수가 없었다.

"이제 가자. 이런 데 오래 앉아 있으면 엉덩이가 배겨."

"왜? 냉커피 마시고 금방 일어서면 커피 값이 아깝잖아?"

"괜찮아. 더 있을래?"

"아니. 일어날래."

미라가 마지못해 일어났다.

카운터로 가서 차 값을 계산한 종혁은 미라가 나오기 전에 차 문을 열어두었다.

"자, 타지."

종혁이 미라더러 조수석에 타라는 시늉을 해 보였다.

"훗. 내가 공주네. 기분이 좋아."

미라가 타는 걸 보고서 종혁은 운전석으로 가서 앉았다.

"숙녀가 먼저 타는 게 당연한 거지."

"고마워."

차는 곧 출발했다.

서울로 돌아온 그들은 미라의 집 근처에서 내려주었다.

"잘 가."

미라가 밖에서 손을 흔들었다.

"응. 오늘 즐거웠어. 이따 전화할게."

"응."

종혁은 재빨리 기어를 넣으면서 서초동으로 향했다.

**
아슬아슬한 게임

저녁에 다시 미라한테서 전화가 걸려왔다.

"오늘 어때? 나올 수 있어?"

미라의 말이었다.

"응. 시간이 있지."

"진희가 같이 만나자는데?"

"좋아."

종혁은 기분이 좋았다.

"오빠."

"응?"

"혹시 진희가 어떤 유혹을 해도 안 넘어갈 자신이 있지?"

"무슨 말이야?"

"진희도 오빠한테 마음이 있는 것 같더라 머."

"그래? 하하. 내가 미라하고 가까운 사이가 돼 버렸는데 진희가 그렇게 나올 수 있겠어?"

"오빠. 사랑은 느낌이야. 진희가 멋대로 생각하는 데에 오빠가 안 넘어갈 자신이 있느냐고."

"안 넘어가지"

종혁이 자신 있게 말했지만 속으로는 쾌재를 부르고 있었다.

"그럼 저녁에 나올래? 진희가 같이 만나고 싶대."

"응. 알았어."

종혁은 속으로 웃고 있었다.

"이따 봐. 영동나이트로 나와. 알았지?"

"그래. 여덟 시에 보자."

"알았어."

종혁은 저녁이 될 때까지 방안에서 뒹굴뒹굴하다가 약속 시간이 되어서야 일어나 샤워를 했다. 그리곤 옷을 갈아입고선 밖으로 나왔다.

강남으로 가는 찻길이 조금 밀렸다.

여덟 시각 조금 넘어서야 나이트에 도착할 수 있었다.

미라와 진희는 벌써 나와 있었다.

"오빠. 일루 앉아."

미라가 얼른 옆자리를 가리켰다.

"저녁은?"

"먹었어. 오빠는?"

진희가 말하기 전에 미라가 먼저 말을 꺼내곤 했다.

"아직 안 했어. 공부 좀 하느라 바빴어."

종혁은 대답하면서 진희를 힐끗 쳐다봤다. 진희는 미라가 자신에게 마음이 있다는 걸 알아서인지 맥주 잔만 만지작거리고 있었다.

"진희 씨도 먹었어?"

"네."

진희가 대답하자.

"나랑 같이 먹었어."

미라가 옆에서 거들었다.

"그래. 술이나 마시자. 난 안주로 때릴 거니까."

"그래요. 오빠. 안주 먹으면 돼. 안주 뭘로 시킬까?"

미라가 물어보았다.

"으응. 아무 안주나 다 좋아. 맥주 마시니깐."

종혁의 말에 미라는 웨이터를 불러 안주 하나를 새로 시켰다.

미라는 얼른 종혁에게 맥주 잔을 권하고선 맥주를 따라주었다. 종혁은 시원한 맥주를 단숨에 비워 버렸다.

이번엔 빈 잔을 진희에게 권했다.

종혁이 진희에게 맥주를 따라주는 것을 보면서 미라는 맥주 잔을 입으로 가져갔다.

여자의 질투심이라는 걸까.

미라는 왠지 진희를 의식하는 것 같은 느낌을 주었다.

미라가 그러는 것이 못마땅하긴 했지만 종혁은 겉으론 내색하지 않았다. 둘 다 친구처럼 대할 뿐이었다.

술을 마시다가 무대로 나가서 춤을 추기 시작했다. 미라는 내내 진희가 종혁에게 따라붙지 못하도록 어떻게든 종혁의 옆에서 놀았다.

"오빠. 나 어지러워. 테이블로 가."

"응."

종혁과 미라가 테이블로 돌아오자 진희도 할 수 없이 테이블로 돌아와 앉았다.

다시 맥주를 마시기 시작했다.

미라가 잠깐 화장실에 간 사이에 진희가 화가 난다는 듯이 담배에 불을 붙이고선 연기를 후우 하고 내뿜었다.

"오빠."

진희의 목소리가 날카로워져 있었다.

"응?"

"미라가 좋아요?"

"왜?"

"미라가 너무 오빠를 좋아하는 거 같아서 말예요."

"아. 그거? 그냥 좋은 거지 머, 난 진희도 좋아."

종혁이 슬쩍 둘러댔다.

"누가 더 좋아?"

"흠… 그건 둘 다 똑같지 머. 왜 그러냐?"

"오빠 땜에 미라한테 신경이 쓰여 죽겠어."

"둘이 친구잖아? 친군데도 그래?"

"…"

진희는 말이 없었다.

"그냥 친구로서 좋아하는 거야. 그게 마음에 걸리니?"

"응. 난 사실 오빠가 좋아. 오빠는 어떻게 생각할지 모르지만."

"알았어. 이따 마치고 나서 둘이 만날래? 그럼 됐냐?"

종혁이 그런 제의를 했다.

"따로? 나랑?"

진희의 얼굴이 밝아졌다.

"응. 어때? 미라 보내고 나서 다시 만나지 머. 이야기 좀 하자."

"응. 알았어. 나중에 헤어지고 나서 핸드폰 해. 그러면 나 갈게. 저기 미라 온다."

진희가 얼른 귀띔을 해 주었다.

종혁은 미라가 화장실에 갔다가 온다는 것을 알아듣고서 다른 이야기로 화제를 돌렸다.

다시 세 사람은 잡담을 나누다가 프런트로 나가서 춤을 추었다.

테이블로 돌아와서 다시 맥주를 마시기 시작했다.

어느덧 열두 시가 가까운 시간이었다.

"야. 이제 나가지? 나 오늘 일찍 집에 가 봐야 돼."

종혁이 말을 꺼내자.

"왜?"

미라가 물었다.

"아버지가 나한테 할 말이 있는거 같아. 아버지가 들어올 시간에 나도 들어가 봐야 돼. 이제 일어서자."

종혁의 말에 미라는 벌레 씹은 듯한 표정이었다가 할 수 없이 자리에서 일어났다.

바깥으로 나온 그들은 각자의 방향이 틀렸으므로 길가에서 헤어질 수 밖에 없었다.

미라가 종혁 옆으로 다가왔다.

"오빠. 오늘 기분이 좀 그렇네?"

"왜?"

오늘밤에도 오빠하고 같이 있고 싶었어.

"오늘은 일찍 들어가 봐야 돼. 내일 봐."

"응. 알았어."

미라는 곧 포기하는 듯했다.

종혁은 미라와 진희에게 먼저 가라는 손짓 인사를 해 주고는 택시를 타기 위해 찻길을 건너갔다.

미라와 진희도 잘 가라는 손짓을 해 보이고는 각자 택시를 타고 가 버리고 난 후에 종혁은 핸든을 꺼내 전화를 걸었다.

"응. 나야. 어디냐?"

"지금 다시 그쪽으로 가고 있어. 그냥 그 자리에 있는거야?"

"응"

"금방 갈게. 다 왔어."

전화가 끝나자마자 진희가 탄 택시가 바로 앞에 와서섰다.

"타 오빠."

택시에 탄 종혁은 뒷자리의 진희 옆에 앉았다.

"어디로 갈래?"

종혁이 물었다.

"서울대로 갈까? 거기 가면 커피숍이 많은데."

"그래."

종혁은 대답을 하고선 담배를 꺼내 피웠다. 택시는 곧 서울대 입구에서 멈췄다. 택시에서 내린 그들은 곧 근처에 있는 커피숍으로 들어 갔다 커피를 주문했다.

"오빠 오늘 재밌지?"

진희가 재밌다는 듯이 웃으면서 말했다.

"재밌긴…"

종혁도 웃어주었다.

"미라는 우리가 집으로 간 줄 알겠지? 나랑 오빠가 같이 있는 줄 모르겠지?"

진희가 활짝 웃었다. 그때, 종혁의 핸드폰이 울렸다. 종혁은 분명히 미라가 건 전화라고 생각하고서 플립을 열었다.

"오빠 나야 집에 잘 들어갔어?"

"응"

종혁은 진희가 들으라는 듯이 말을 했다.

"오빠 잘 자. 오늘 좀 그랬어. 후후."

"그래 알았어. 끊는다."

종혁이 서둘러 전화를 끊고서 진희를 쳐다보았다.

"미라지?"

"응"

"그 기집애는…"

그러면서 진희가 웃었다.

"커피나 마셔 미라는 나를 오빠라고 좋아하는 거야"

"알았어. 누가 뭐래?"

두 사람은 커피를 마시고는 잔을 내려놓았다.

"나 오빠 좋아."

진희가 불쑥 그 말을 했다.

"나도 진희가 좋아."

"얼마나?"

"많이"

"호홋 그래? 그럼 오늘 오빠하고 찐한 키스나 할까?"

"여기서?"

"아니, 딴 대로 가서."

진희가 의미 있는 웃음을 지어 보였다.

"그럼 나가?"

종혁이 그 말을 하자.

"나 책임질 수 있어?"

"그럼."

"정말?"

"응."

그 말에 진희는 깔깔 웃었다.

진희는 곧 자리에서 일어났다.

"오빠, 나가."

종혁이 따라 일어서자, 진희는 얼른 카운터로 가서 커피값을 계산했다.

밖으로 나온 그들은 커피숍 바로 옆에 있는 모텔로 걸어갔다.

카운터에서 방 값을 계산한 건 종혁이었다. 진희는 옆에서 있다가 정혁의 뒤를 따라 방으로 들어갔다.

"오빠. 기분이 어때?"

"좋아."

"나도 좋은 걸. 오빠랑 같이 이런 데 들어와 보니 기분이 이상해지네."

"하하. 너 먼저 샤워할래?"

"응."

진희는 곧 불을 꺼버리고는 옷을 벗기 시작했다. 옷을 다

벗은 그녀의 알몸이 어둠 속에서 하얗게 빛났다.

욕실로 들어간 다음에 종혁은 침대에 걸터앉았다. 담배 한 개피를 피우고는 옷을 벗기 시작했다. 알몸이 된 그는 스위치를 올려 불을 켜고선 진희가 나오기를 기다렸다. 진희가 욕실에서 나오다가 방안에 불이 켜져 있는 것을 보고선 얼른 앞을 가렸다.

"오빠! 왜 불을 켰어?"

그녀는 무심코 나왔다가 방에 환하게 불이 켜져 있는 것을 보고선 놀라는 듯했다.

"괜찮아. 진희 몸 좀 보려고 켰어. 내려 봐."

"싫어."

"괜찮다니까. 하하. 오빠가 보고 싶은데 머."

"이구."

진희가 망설이고 있는 동안에 종혁은 벌거벗은 채로 진희에게로 다가갔다. 진희는 종혁의 벗은 알몸을 호기심 있게 쳐다보고 있었다.

"하하. 내려봐 내가 애무해 줄께."

종혁의 그 말에 진희는 어색하게 앞쪽을 가렸던 손을 내렸다. 진희 앞에 무릎을 꿇은 종혁은 바로 눈앞에 서 있는 진희의 그곳에다 입을 맞추었다.

진희가 눈을 감았는지 꼼짝도 하지 않았다.

종혁은 부드럽게 털을 어루만지면서 혀끝으로 핥기 시작했다. 갈라진 틈 사이로 드러난 꽃잎을 혀로 핥다가 손을 밀어 넣어서 후비기 시작했다.

"아… 오빠."

"기분 좋지?"

"…"

진희의 몸이 떨고 있었다.

"난 진희를 사랑해…"

"아…"

"미라와 진희가 서로 친구니까 말을 함부로 못하겠어."

"아…"

진희는 계속해서 신음소리를 토해냈다. 종혁의 혀와 손은 잠시도 쉬지 않고 움직이고 있었다.

그 바람에 진희는 몸이 자꾸만 뒤로 넘어갔다.

"아. 오빠…"

진희가 종혁의 머리카락을 움켜잡았을 때. 종혁은 때를 기다렸다는 듯이 그녀를 들어 안고서 침대 위로 갔다.

침대 위에 누인 진희의 다리를 벌린 채로 그는 밝은 불빛 아래서 애무하기 시작했다 그의 입과 손이 번갈아 가며 애무하기 시작했다.

진희의 몸이 바르르 떨리는 것을 보고서 그는 위로 올라 갔다.

처음부터 격렬하게 움직였다.

잠시 뒤에 사정을 끝낸 그는 풀썩 쓰러졌다.

"오빠."

"응."

종혁의 입이 진희의 젖가슴을 물고 있었다.

"나 좋아?"

"응."

"그럼 이담부터 미라와는 그냥 지내. 알았지?"

"응."

"나 애무해 줄까?"

"그럴래?"

그 말에 진희는 밖으로 기어 나와서 종혁을 눕히고선 애무하기 시작했다. 이미 시들어버린 종혁의 남성이지만 곧 일어나기 시작했다.

한참동안 애무를 해주던 진희가 이번엔 자신이 위로 올라갔다.

"오빠."

"응."

"미라하고 친하면 안 돼? 알았지?"

"응, 알았어."

"난 미라하고 친하게 굴면 오빠 미워할 거야."

"알았어."

진희는 더욱 신이 난 듯이 몸을 굴러대기 시작했다. 종혁은 두 번째의 쾌감을 느끼면서 사정에 돌입하고 있었다.

진희는 섹스를 해 본 경험이 있는 애였다. 위에서 여러 가지 동작을 취하면서 종혁을 기분 좋게 리드하고 있었다.

"됐어. 오빠 사정했어."

그제야 그녀는 엎드린 채로 종혁의 입술에 키스를 퍼붓고는 내려왔다.

몸을 섞은 뒤라서일까. 진희는 샤워를 하고 나서 환한 불빛 아래에서도 전혀 부끄러움이 없었다. 오히려 자신의 날씬한 곡선미를 드러내고 싶어하는 욕심이었다.

샤워를 하고 나서 옷을 입은 그들은 밖으로 나왔다.

"내일 낮에도 시간 있니?"

종혁이 물었다.

"왜?"

"그냥."

"응 시간 있어. 핸드폰 해 줄래?"

"그래. 잘 가"

찻길에서 진희가 먼저 택시를 타고 가는 걸 보고서 종혁은 택시를 탔다.

'이제 세 명이군., 종혁은 미라와 진희, 그리고 채팅에서 만난 동옥을 생각하며 일단은 성공이라고 생각했다.

'좋아. 이제 일을 시작할 때가 된 것 같군.'

그들을 만나 자신의 계획을 은근히 내비쳐야 할 때라고 생각했다.

보도방

미라와 진희, 동옥은 서로 친구가 되었다.

종혁이 중간에서 인사 소개를 시켜줘서 셋은 친구사이가 된 것이다.

"오늘 한 판 때리러 갈까?"

"응 오빠 동옥이도 같이 가."

진희가 먼저 반색을 하며 나왔다. 진희는 요즘 미라한테 보란 듯 종혁에게 가까이 다가오고 있었다.

"그래 같이 가."

동옥의 대답이 선뜻 튀어나왔다. 미라는 알았다는 듯이 웃고만 있었다. "좋아 가자."

종혁의 말에 그들은 택시에 올라탔다.

"영동호텔로 가죠."

"네, 알겠습니다."

택시 기사는 재빨리 기어를 넣으면서 차를 몰았다. 호텔에

도착한 그들은 지하 나이트 클럽으로 들어갔다. 무대 앞쪽의 가장 좋은 곳에 자리를 잡은 뒤, 종혁은 값 비싼 안주와 양주를 시켰다. 오늘만큼은 술값을 아끼지 않겠다는 의도였다. 웨이터는 벌써 단골인 종혁을 알아보고선 연신 허리를 굽혀왔다. 소위 말하는 최고로 물 좋은 손님인 셈이었다. 종혁이 그동안 갖다 바친 돈만 해도 상당한 액수였다. 오늘도 종혁은 세 명의 여자애들을 데리고 와서 값비싼 양주와 안주로 허세를 부리고 있었다. 프런트로 나가 춤을 추고는 다시 테이블로 돌아와 술을 마시고 있었다.

"동옥이도 춤을 잘 추네?"

종혁이 동옥에게 양주를 따라주며 말을 꺼냈다.

"잘 추긴요."

동옥이 쑥스러운 듯이 말하자,

"응, 오빠 진희가 말을 동옥이가 정말 가로막았다. 잘 추더라."

"나 술값 많이 들어갔어. 아버지한데 받아낸 돈 다 써 버렸어."

"…?"

세 명의 여자애들은 갑자기 튀어나온 종혁의 말에 시선을 집중하고 있었다.

"나 말야 미국 갈 돈도 다 써 버렸어. 매일 이렇게 술을 마시니 돈이 남아 있을 리가 있나? 안 그래?"

"그렇네 머."

진희가 고개를 끄덕였다.

"우리 돈 좀 벌어볼까?"

종혁이 넌지시 말을 꺼냈다.

"어떻게? 혹시 오빠…"

이번엔 미라가 말을 꺼내다가 말았다.

"왜?"

종혁이 묻자,

"오빠 혹시 히로뽕 같은 거 갖고 있는 거 아냐? 돈을 어떻게 벌어?"

미라는 그 말을 던져 놓고선 쿡쿡 웃었다.

"야 그런 거 안 해 그거 말고 다른 걸로 돈 벌지 머."

"돈을 어떻게 벌어? 아르바이트?"

이번엔 진희가 물었다.

"아냐. 간단해."

"뭐? 어떤 건데?"

미라가 다시 궁금해서 물었다.

"니들 단란주점 같은 데 뛸 생각 없냐?"

"단란주점?"

미라와 진희가 서로 얼굴을 쳐다보았다. 동옥은 미라와 진희의 놀라는 모습을 쳐다만 보고 있었다.

"응 그냥 테이블에 앉아서 노래만 불러줘도 팁이 기본이 5

만원이야. 어때?"

"에이, 그런 거?"

미라가 시시하다는 듯이 말을 했다.

"한 테이블만 뛰는 게 아냐. 몇 테이블을 뛰고 나면 하루에 15만원은 거뜬히 벌어. 하루에 15만원이 뭐 적은 돈이냐? 한 달이면 450만원이다 머."

"?"

미라와 진희와 동옥은 약간 놀란 듯한 표정이었다. 정색을 하고서 말하는 종혁의 얼굴만 쳐다보고 있었다.

"괜찮잖아? 안 그래? 니들 세 명이 같이 뛰면 더 좋고."

"우리 셋이?"

여자애들은 서로 얼굴을 쳐다보고 있었다.

"내가 니들 책임질게. 그러면 되잖아? 난 돈을 다 써 버렸어. 미국 갈 돈도 없어. 엄마가 몰래 준 돈 다 써버렸거든."

"…"

"어때? 한 번 해 볼 마음이 없어? 내가 니들을 데리고 다니는 거야 내가 니들을 보호해 주는 거니까 걱정 없어. 어때? 셋이 같이 합숙하면서 돈 버는 거 어때?"

"합숙?"

여자애들은 다시 놀란 표정들이었다. 그러나 합숙이라는 말에 약간 귀가 솔깃했다.

"같이 셋이서 지내는 거지 머. 나도 당분간 집 나와서 살 수도 있고."

"글머 우리 넷이서 같이 살아?"

그 말에 진희는 반색을 하며 나왔다.

"근데, 남자 하나랑 여자 셋이서 어떻게 살아? 정말 우습다
머."

미라가 웃었다.

"사는 게 아냐. 그냥 같이 생활하는 거지. 미국에선 대학
다니는 애들은 같이 살기도 해. 극렇게 하면 돈이 절약되니
까. 그런 식으로 있는 거지 머. 넌 왜 이상하게만 생각하냐?"

종혁이 약간 핀잔을 주자.

"아하. 알겠어. 그럼 우리가 밥하고 빨래하고 집안살림을
하라는 거야? 그리고 밤에는 단란주점에 뛰고?"

미라는 주춤거리며 물러났다.

"돈을 벌기 위해서 잠깐 하는거야. 나도 미국 들어갈 때까
지만. 동옥이 넌 어때?"

종혁은 슬쩍 동옥의 동의를 구했다.

"응. 좋아. 난 집에 있는 게 싫어. 안 그래도 나오고 싶었
어."

"됐어! 나도 집에 있는 것이 갑갑할 때가 있어. 진희, 너
는?"

"응, 나도 좋아!"

"미라, 너는?"

종혁은 한 사람씩 동의를 구해 나갔다. 그렇게 해야 각개격파식으로 한 사람씩 제압할 수 있었다.

"그러지 머. 오빠가 하자고 하면 할 수 있지 머."

"그래! 좋아! 그럼 내일부터 당장 짐을 싸들고 나와. 내가 방구해 놓을게."

"내일 당장?"

미라가 놀라는 표정이었다.

"쇠뿔도 단김에 빼랬잖아. 내가 방 얻어놓을 데니까 니들은 그냥 짐만 싸 갖고 나와. 컴퓨터도 내가 쓰던 거 갖고 나올게."

"오, 예!"

진희가 환호를 올렸다.

"집엔 절대로 알려주지 마. 그냥 친구 집에 있다고 그래. 알았지?"

"응, 알았어. 그런데 단란주점에 뛸 수 있는 거야? 오빠가 그런 일 할 수 있어?"

"그래. 그건 걱정 마라. 내가 알아 놔 둘 테니까."

"후훗 알았어. 우린 이제 삼총사네?"

미라가 진희와 동옥을 돌아보며 말했다.

"자, 술이나 마셔. 춤이나 추러 나가자."

종혁의 제의에 그들은 양주잔을 홀짝 비우고는 춤추는 프런트로 걸어나갔다. 현란한 사이키 조명에 어우러져 이마엔

땀이 흘러내렸다. 신나게 몸을 흔들다가 자리로 돌아 온 그들은 다시 술을 마셔댔다.

그들 셋이 더욱 친밀하게 지낼 수 있도록 오늘밤만큼은 돈을 펑펑 써도 될 듯 했다. 종혁은 양주 하나를 더 시킨 다음에 제일 큰 안주 하나도 곁들여 시켰다.

술과 안주를 보자, 여자 셋은 더욱 신이 나는 듯했다.

"오빠 돈 없다며? 오늘 너무 무리하는 거 아냐?"

미라가 주머니 사정을 헤아리기라도 하듯 물었다.

"걱정 마. 이 정도는 걱정 없어. 오늘 실컷 놀아 버리자구. 하하."

종혁이 큰 소리쳤다.

"그래 좋아 오빠가 오늘 우리한데 한 턱 쓰는 거야 이제부턴 우리가 돈 벌어서 오빠를 먹여 살리지 머."

진희가 한마디했다.

"그래 우리 셋에서 뛰면 이런 데 맨날 올 돈을 못 모으겠어? 우리가 힘을 합치면 대한민국에서 아무리 미인이래도 우리한테 못 당하지. 안 그래?"

미라가 옆에서 거들었다.

"그래. 나도 그럴 거 같아."

동옥마저 거들었다.

그들은 이미 술이 취한 상태였다.

종혁은 세 명의 여자애들이 그런 말들을 주고받는 것에 한

껏 기분이 고조되었다. 자연스럽게 엮어지는 듯했다.

"그래그래 이 오빠를 생각해 주는 니들을 난 고맙게 생각해 담에 미국에 가면 언제 한 번 니들을 미국에 초청할 게 그때 는 내가 한 턱 거하게 쓰는 거야 라스베가스에도 가보고, 캘 리포니아에도 데려갈게. 그때는 최고의 대우를 해줄 테니까."

종혁이 뻥을 쳤다.

"그래 좋아! 오빠가 우릴 그렇게 생각한다면 우린 물불을 안 가려. 그지?"

진희가 미라에게 동의를 구하고는 다시 동옥에게도 동의를 구했다.

"응. 알았어."

미라와 동옥이 대답하자.

"나 눈물이 나올 만큼 기분이 좋다. 니들이 그런 말하니까 동포애가 발동해서 눈물이 펑펑 쏟아질 것만 같아."

종혁이 연기를 하듯이 일부러 그런 말을 했다.

"오호호. 오빠가 눈물을? 그럼 한 번 울어봐. 우리 보는 앞 에서."

미라가 깔깔 웃으며 말했다.

"그렇다는 얘기야 남자가 뭐 함부로 우나? 하하하."

종혁의 농담에 다들 웃음을 터뜨렸다.

다시 맥주 잔이 오가기 시작했다.

프런트로 나가 춤을 추고 들어와서는 남은 양주를 다 비워

냈다. 벌써 새벽 두 시가 넘어가는 시간이었다.

"자, 이제 나갈까? 오늘 술 많이 마셨지?"

"응. 오늘 되게 기분이 좋아."

"나가자."

종혁의 말에 그들은 자리에서 일어났다. 술값이 만만치 않게 나왔다. 계산을 하고 난 종혁은 미리 밖에 나가 있는 그녀들에게로 갔다.

"2차 갈까? 포장마차 어때 ?"

"아, 좋아! 니들도 좋지?"

진희가 동의를 구했다.

"그래."

그들은 다시 근처에 있는 포장마차로 자리를 옮겼다.

포장마차에서 소주를 마신 그들은 완전히 꼭지가 돌아 버린 것이다.

종혁의 기분은 흡족했다.

가장 많이 술이 취한 사람은 동옥이었다. 몸을 못 가눌 정도로 취한 것이다.

"이제 어떻게 하지? 다 술이 취했네?" 종혁의 말에,

"아냐 난 안 취했어."

미라는 도리질을 했지만 그녀의 혓바닥은 이미 굳어 있었다. 진희와 동옥 역시 술이 취해 고개를 끄덕거리고 있었다.

"우리 모텔 갈까? 어때?"

종혁이 물었지만 다들 술이 취해서인지 흥얼거리고만 있었다.

종혁은 할 수 없었다. 이대로 집으로 돌아갈 수 있도록 택시를 잡아주는 것도 어려운 일인 듯했다.

술이 취한 세 명의 여자애들을 데리고서 근처에 있는 모텔로 들어갔다.

방안에 들어서자마자 세 명의 여자애들은 침대 위에 늘어져 버리고 말았다.

"…"

종혁 역시 술이 취하긴 했지만 세 명의 여자들을 침대 위에 누이고 나니 맥이 빠지는 듯했다.

일단 샤워부터 해야 정신이 들 것만 같았다.

샤워를 하고 나서 방으로 들어와 보니 여자애들은 침대 위에 아무렇게나 누워서 정신 없이 자고 있었다. 누가 업어간다 해도 일어나지 않을 것만 같았다.

"…"

종혁은 침대 맡에 걸터앉아 담배에 불을 붙였다. 담배 한 개피를 다 피우고 난 다음에 그는 장난을 치고 싶은 충동이 일어났다. 환한 불빛 아래에서 제멋대로 나뒹굴고 있는 여자애들의 옷을 벗겨보고 싶은 충동이었다.

그는 잠시 망설이다가 진희의 옷부터 벗기기 시작했다.

깊은 잠에 빠져든 진희는 약간 몸부림을 치는 듯하다가 종혁이 부드럽게 옷을 벗겨주는 데에 아무런 반항도 없이 팔 다리를 움직여 주었다.

"흠, 이쁜데."

얇은 팬티와 브래지어만 걸쳐놓은 채로 알몸을 내려다 보았다.

다 벗기기보다는 살짝 가려진 듯한 진희의 알몸이 좋았다. 옷을 벗어서인지 진희는 더욱 깊은 잠에 빠져드는 듯 했다.

그 다음으로 미라의 옷을 벗기기 시작했다. 미라 역시 잠을 깨지 않았다. 종혁이 옷을 벗기는 동안, 미라는 종혁의 팔을 붙잡았다가 놓아주었다.

'후후, 하고 싶은가 보지?'

종혁은 미라의 팬티와 브래지어만 남겨놓은 채로 다시 동옥의 옷을 벗기기 시작했다.

동옥은 늘씬한 몸매였다. 쭉 뻗은 다리와 달라붙은 아랫배가 팽팽한 긴장감을 띠고 있었다.

처음 동옥과 섹스를 했던 생각이 났다.

"..."

그는 동옥의 알몸을 보고 싶었다.

이번엔 동옥의 팬티와 브래지어를 벗겨냈다. 다리 사이로 빠져나온 작은 팬티는 앙증맞아 보였다.

불빛 아래 드러난 동옥의 완전한 알몸은 종혁으로서도 몸서리쳐질 정도로 완벽하다고 느껴졌다.

'이 정도면 남자 놈들이 껌뻑 넘어갈 수 있어. 하하. 이 게 바로 돈이지 뭐냐.'

종혁은 입가에 웃음을 띤 채로 동옥의 계곡에 난 숲을 어루만져 보았다.

까슬까슬한 털의 감촉 또한 부드러웠다.

그는 입술을 갖다 대서 털의 감촉을 느꼈다. 그곳에서 나는 향기에 취한 그는 혀끝으로 애무도 해 보았다.

그러나 동옥은 잠에서 깨어나질 않고 있었다. 그는 동옥의 계곡을 유심히 살피면서 머리 속에 깊이 각인해 놓았다.

그는 다시 차례대로 진희와 미라의 팬티와 브래지어를 다 끌어냈다 세 명의 여자 알몸을 바라보고 있는 동안, 그는 자신도 모르게 성적인 충동에 휩싸였다.

미라의 숲이 가장 무성했다. 그는 미라의 알몸을 애무하다가 더 이상 참지 못하게 되자, 자신의 팬티를 벗어 내리고 조용히 미라의 옆으로 다가갔다.

침대가 약간 출렁거렸지만 그들은 잠 속에서 헤어나지 못하고 있었다.

미라의 젖가슴을 애무하다가 다시 계곡 속으로 손을 집어넣었다.

미라는 잠결에도 벌써 남자를 맞아들일 준비가 돼 있었다.

홍건한 물기가 흘러나와 있었다.

미라를 반듯이 눕힌 다음에 그는 조심스럽게 다리 사이로

올라갔다. 미라의 작은 계곡에 다다른 뿌리가 서서히 진입했
는데도 미라는 잠에서 깨어나지 않았다.

그가 조금씩 움직였을 때, 미라는 잠투정을 하듯 팔을 휘젓
다가 무언가 손에 잡혔는지 눈을 뜨기 시작했다.

"으응, 누구야?"

"쉿!"

"..."

바로 눈앞에 있는 종혁의 얼굴을 발견하고선 미라는 포옹
을 해 왔다.

"가만있어. 깰라."

"알았어."

그제야 미라는 종혁의 뿌리가 이미 자신의 몸 속에 들어와
있다는 것을 알아차렸다.

종혁은 조심스럽게 몸을 움직이면서 진희와 동옥의 벌거벗
은 알몸을 쳐다보면서 혼자만의 스릴을 즐겼다.

"왜 다 벗겨 놨어?"

"쉬이. 그냥 장난삼아 그랬어. 가만있어봐."

종혁은 웃으면서 손가락으로 입을 가렸다.

미라가 종혁의 몸을 껴안아왔다.

두 사람은 은밀하게 서로 몸을 합했다. 소리나지 않게 하려
면 최대한 조심하지 않으면 안 되었다.

종혁이 곧 사정을 했다. 그제야 미라의 손이 풀어졌다.

"후후, 어때?"

종혁이 나지막이 소곤거리자,

"응, 좋아."

미라 역시 기분이 좋은 듯했다.

"근데 옷을 다 벗겨 놓으면 일어나서 뭐라고 할 텐데? 왜 그랬어?"

"나도 벗고 잘 거야. 그러면 되겠지 머."

종혁이 소리 없이 웃음을 지어 보였다.

"그래도…"

미라는 진희와 동옥의 벌거벗은 알몸을 쳐다보면서 묘한 웃음을 지었다.

"이제 씻고 자. 나도 잘 거니까."

"응."

미라가 일어나서 욕실로 들어가고 난 다음에 종혁은 다시 진희와 동옥의 계곡을 들여다보기 시작했다. 미라가 나오기 전에 그는 침대 밑에 누워서 잠이 들고 말았다.

욕실에서 나온 미라는 종혁이 벌거벗은 채로 잠들어 있는 모습을 내려다보면서 묘한 흥분에 빠져들었다.

세 명의 여자 중에서 자신만이 종혁과 섹스를 했다는 사실에 만족하고 있었다.

종혁의 옆에 앉은 그녀는 이미 시든 뿌리를 만져보면서 혼자 웃고 있었다.

다시 침대 위로 올라간 미라는 옆에 누워 있는 진희와 동옥의 까만 숲을 바라보았다 자신의 몸매보다 더 나으면 나았지 모자랄 것이 없는 그녀들의 몸매를 훔쳐보면서 잠 속으로 빠져들었다.

새벽녘에 목이 말라 잠이 깬 진희는 침대 밑에서 자고 있는 종혁을 보고는 질겁을 했다.

'어? 왜 다들 벗고 자지?'

자신도 역시 알몸이라는 것을 알고선 깜짝 놀랐다.

'어쩐지 홀가분하다 했더라니.'

진희는 절로 웃음어 튀어나왔다. 세 명의 여자와 남자가 다 벌거벗은 채로 잠들었다고 생각하니 웃음부터 나왔다.

생수로 갈증을 풀고 난 진희는 재미있는 광경에 미라와 동옥을 깨울까 생각했다가 아직 날이 밝으려면 좀 더 시간이 걸려야만 될 것 같아서 다시 잠 속으로 빠져들었다.

아침 늦게 일어난 그들은 한 바탕 웃음을 터뜨렸다.

"누가 옷을 다 벗겨 놓은 거야? 오빠가 그랬지?"

진희가 깔깔 웃으며 물었다.

"아냐. 나도 그냥 퍼져 버렸는걸 머. 나도 누가벗겨 놨지?"

종혁이 웃으며 미라를 쳐다보자.

"왜 내가 그랬을까 봐? 난 아냐 동옥이가 그랬나?"

미라는 다시 동옥에게 눈길을 주면서 웃었다.

"야 내가 왜 옷을 벗기니? 오빠가 그런 거 아냐? 솔직히 말해.”

“하하 어젯밤에 누가 들어와서 미녀들 몸매를 보고 싶었던가 보지 머. 그 놈은 기분이 참 좋았겠다? 그지? 하하하.”

“오빠가 그런 거 아냐? 거짓말하지 마.”

동옥이었다.

“아니래두. 내가 왜 니들 옷을 벗기냐? 안 그래? 하하.”

“그럼 오빠는 왜 벗겼어? 남자가 남자 옷 벗기는 거 봤어?”

진희가 웃으면서 말했다.

“그건 모르지 머. 우리 셋이 그거 하라고 옷을 벗겨 놨는지도 모르지.”

종혁은 웃음을 참지 못하고 크게 웃었다.

“피이. 오빠가 그랬구나? 맞는 거 같아.”

“그래그래. 오빠가 그랬어. 왜 벗겼어? 보고 싶어서 그런 거야?”

세 명의 여자들이 드디어 범인을 잡아낸 듯이 깔깔대며 웃었다.

“아냐 내가 안 그랬어. 니들이 더워서 벗었겠지 머. 내가 그랬겠냐?”

“피이, 우리 셋이 다 옷을 벗을 이유가 없지. 안 그래?”

동옥이 그 말을 하자, 나머지 두 사람도 맞장구를 쳤다.

“맞아. 우리가 왜 옷을 벗어? 오빠가 그랬구나? 맞지? 솔직하게 말해 그러면 우리 셋이서 오빠 용서해 줄께.”

"하하. 그럼 그렇게 생각해."

"오빠가 그랬구나? 누구 것이 젤 이뻐?"

미라가 말을 했다. 셋 다 이쁘더라. 됐니?

"호호호. 이 자리에서 누구 것이 젤 이쁘냐고 말하기 곤란해서 그렇지?"

여자 셋은 깔깔 웃어 댔다.

아침을 시켜서 먹고 난 다음에서야 그들은 그곳을 빠져 나왔다.

"오늘부터는 우리 셋이 같이 행동한다고 생각하면 돼 지금부터 각자 집으로 들어가서 나한테서 연락이 올 때까지 기다려. 내가 연락을 하면 곧바로 나와. 니들이 입을 옷과 간단한 소지품만 들고 나와. 친구 집에 잠깐 가 있겠다고 하고 셋이 같이 합숙하는 거야."

"지금?"

"응. 난 니들이 합숙할 만한 방을 알아볼 테니까. 방이 두 개면 되겠지? 아니면 방이 큰 걸로 하나만 있어도 돼냐?"

종혁이 물었다.

"방이 두 개 짜리? 그래도 거실은 있어야 되잖아?"

"그래 방 두 개에다 거실이 딸려있는 집으로 알아볼 테니까."

"응. 그럼 됐어."

이미 그들은 동업자들이나 마찬가지였다. 남자 앞이라 해도 벌거벗은 몸이 부끄럽지 않았다. 왜일까? 세 사람 다 옷을 벗고 있어서인지 누구 하나 부끄럽다는 생각은 하지 않은 듯 했다.

그건 종혁도 마찬가지였다.

세 명의 여자 중에 미라와만 관계를 했을 뿐인데도 마치 세 명의 여자와 섹스를 한 것 같은 그런 기분이었다.

"자, 이제 일어나서 옷 입고 나가. 나가서 오빠가 맛있는 해장국 사줄게."

"정말? 아이, 좋아."

간단히 세수만 하는 데에도 세 명이 번갈아가며 했으므로 시간이 걸렸다. 화장을 하느라 꾸물거리는 동안에도 종혁은 혼자 담배만 피우고 있었다.

밖으로 나온 그들은 근처 해장국집으로 갔다.

어젯밤 마신 술로 그들은 속이 출출했다. 해장국을 시켜 놓고 다들 담배를 피우느라 정신이 없었다. 세 명의 여자들은 어젯밤의 일들에 대해서 이야기하느라 실내가 소란스러울 정도였다.

해장국이 나오고 나서야 그들의 소란은 잠재워졌나

"많이 먹어."

"응, 오빠도."

"소주 한 잔 할래? 어때? 아침 해장으로."

"피이, 또 술? 됐어"

그녀들은 술을 사양했다. 식사를 마친 그들은 서둘러 그곳을 나왔다. 각자의 집으로 돌아가기 위해 서로 인사를 하고는 헤어졌다.

그녀들을 집으로 돌려보내고 난 종혁은 집으로 돌아오면서 돈을 쥐어짜 낼 궁리를 했지만 딱히 방 값을 마련할 돈이 없었다.

'월세로 얻어도 보증금은 있어야 할 텐데…'

'내 방을 빼서 보증금으로 박어?' 차라리 그렇게 하는 것이 나을 것이다. 집으로 들어가기 전에 부동산사무소에부터 들렀다. 방을 빼달라고 하고선 다른 곳에 월세 방을 얻어달라고 부탁을 해두었다."

"같은 동네서 딴 집으로 이사를 갈 거유?"

"네. 방이 두 개는 있어야 됩니다. 거실도 있어야 하고요."

"몇 식구신가?"

"동생들하고 네 명이 살 거거든요. 거실도 있어야지요, 반지하라도 방하고 거실만 크면 됩니다."

"그러면 내가 알아보자 방을 빼면서 바로 월세로 들어 갈 수 있도록 해 보지."

"고맙습니다."

부동산에서 나온 종혁은 집에 잠깐 들렀다가 차를 몰고서 안동으로 내려갔다.

안동에 도착했을 때는 오후 세 시쯤이었다. 시내에서 외곽

지인 안동교도소는 건물이 깨끗하긴 했지만 왠지 을씨년스럽게 보였다.

면회를 신청하고 나서 잠시 기다리는 동안에 형민이가 출소할 날을 헤아려 보았다. 정확한 출소 날짜는 모르겠지만 출소할 날이 많이 남아 있지 않았을 거라는 생각이 들었다.

벨이 울리고 순번에 따라 면회실로 들어갔다.

"어? 종혁이 아냐? 니가 웬일이냐?"

형민이 반가움과 놀라움으로 얼굴이 환해진 채 격벽의 유리창으로 다가왔다.

"형. 그 동안 잘 있었어? 나 지금 내려오는 길이야 출소 언제야?"

"응. 일주일 뒤야 내가 출소하는 거 알고 내려왔어?"

"대충은 알야 그럼 그때 내가 다시 내려올게."

"왜? 무슨 일이지?"

형민은 눈치가 빨랐다 짧은 면회 시간 안에 서로가 재빨리 하고 싶은 말을 다 끝마쳐야 했다.

"응 이번에 형이 옛날에 하던 일을 해 보려고."

"보도방?"

"응."

"혼자? 도꾸다이로? 누구 있냐?"

"아니. 혼자야 형이 나오면 같이 했으면 해서."

"여자는?"

"구해놨어. 세 명 정도는 돼 앞으로 더 구할 거고."

"그래? 그럼 술집하고 모텔은 알아놨냐?"

"그런 건 아직… 형이 아는 데 있어?"

"나야 아는 데 많지. 나도 나가면 그거나 해야 쓰겠다고 생각하고 있어. 그럼 나하고 동업할까?"

"그래! 형."

"그럼 봉천동이나 신림동 쪽에 아는 곳이 많으니까 그 쪽으로 옮겨. 그 쪽이 놀기가 좋아."

"그래? 난 집을 내놨어. 처음엔 월세로 집을 얻으려고 그랬지."

"야, 임마 그런 장사는 밤낮이 없이 하는 장사니까 집하고 사업장하고 가까운 거리에 있어야 돼. 벌써 방 얻었나?"

"아니. 오늘 내놓고 왔어."

"그럼 방이 빠지면 신림동이나 봉천동으로 옮겨 그래야 밤중에라도 뛰기가 좋아."

"아, 알았어. 그럼 형도 나오면 같이 뛸 거지?"

"그래. 그럼 출소하는 날 내려올래?"

"응, 그럴게. 내 차로 같이 올라가"

"하하. 그래 그러면 좋겠다."

"뭐 필요해?"

종혁이 방안에 있는 식구들이 몇 명이냐고 묻는 말이었다. 방안에 있는 사람들 머릿수대로 먹을 것들을 넣어줘야 면회를 나온 형민의 얼굴이 살기 때문이었다.

"응. 열두명이 있어. 요즘방안이 꽉꽉찬다. 바깥에 살기 힘드니까 감빵에만 들어오는지. 밤에 잠잘때도 칼잠을 잔다. 야. 난 고참이라서 똑바로 누워서 자지만. 이젠 이 고생도 다 끝났다. 야. 하하. 오늘 와 줘서 고맙다 야."

"고맙긴. 형이 나오는 날 와서 기다릴게. 전에 형이 데리고 있던 애들도 있지 ?"

"하하 그래. 가끔 걔들한테서도 편지가 와. 내가 나가면 걔들도 나한테로 오게 돼 있어. 그건 걱정 마라."

그때 마침 면회를 마치는 벨소리가 울렸다.

"응 알았어. 먹을 거나 좀 넣고 올라갈게. 출소하는 날 올께."

"그래. 고맙다 잘 가라."

면회장을 나온 종혁은 영치물을 넣는 곳으로 가서 형민에게 먹을 것들을 넣어주었다. 방안의 인원수대로 충분히 먹을 수 있도록 넣어주고선 영치금 2만원도 넣어주었다.

차가 있는 주차장으로 걸어오면서 뒤를 돌아보았다. 하얀색 건물이 무표정하게 서 있었다.

교도소란 아무리 깨끗하게 보이려고 외벽을 하얀색으로 치장을 했어도 음습하게만 보여졌다. 죄인들을 가두는곳 이라는 선입견 때문일까. 그 곳에서 썩고 있었을 형민을 생각해보았다.

사회에서 격리된 체 죄를 반성하라고 가둬놓은 그곳에서 그들은 과연 참회를 하였던가. 어차피 사회에 나오게 되면 그들은 다시 옛날의 관습으로 되돌아가는 것이 거의 대부분이었다.

형민도 이제 출소를 하게 되면 다시 옛날로 돌아가는 것 일 뿐이었다.

차에 시동을 걸고서 그곳을 빠져나왔다.

고속도로에 오르면서 그는 최대한 속도를 내었다.

서울로 돌아온 종혁은 사우나부터 하고 싶었다. 교도소에 면회를 갔다 오면 그 날은 왠지 근질거리는 무엇이 있었다.

그걸 털어 버리기 위해 사우나에 가서 한참동안 몸을 뜨거운 물 속에 푹 담갔다가 빠져나왔다.

한결 개운해졌다.

바깥의 라커룸에 있는 전기 마사지 소파로 가서 누웠다가 깊은 잠에 빠져들었다. 잠에서 깨어났을 때는 사우나가 문을 닫기 직전의 시간이었다.

집으로 들어가다가 다시 부동산에 들러 방만 빼달라고 부탁을 했다. 방을 빼서 봉천동으로 이사를 가야 한다고 말을 해줬다.

"네. 그러세요. 알았습니다."

이제 이 동네도 방이 빠지게 되면 떠날 곳이었다.

집으로 돌아와 컴퓨터를 켜서 채팅방으로 들어갔다.

오늘밤에는 왠지 괜찮은 애가 걸릴지도 모른다는 생각이 들었다.

"안녕하세요~ 반갑습니다~."

종혁은 일부러 아는 사람이 없는 채팅방으로 들어갔다.

"네~ 오서요~ 힛~."

여자 한 명과 남자 한 명이 있는 방이었다.

"하이루~."

남자는 여자를 데리고 놀다가 낯선 종혁의 방문에 못마땅해하는 눈치였다.

"하하 실례가 안 되었는지…"

종혁은 처음부터 남자의 심기를 건드릴 필요는 없다고 생각했다.

남자의 눈치를 살펴가며 여자의 대화를 살폈다. 여자는 남자와 대화를 하고 있다가 중간에 나타난 종혁에게 관심을 보이기 시작하고 있었다.

이미 그 남자는 여자로부터 관심을 잃었다고 생각했는지 횡설수설하는 글만 띄워 올리다가 곧 나가 버렸다.

"어디시죠?"

"설~."

"나도 설인데 설이 다 운향님 껍니까? 하하."

"그럼 종혁님부터~ 호호~"

"전 사당동입니다. 하하."

"어머? 그래요? 저도 사당동인데…"

"아하~ 그러세요? 반가워요~ 악수~ 흔들흔들~."

"악수~ 끄덕끄덕~~."

두 사람은 이내 친해졌다. 채팅이라는 것이 그 날 하루의 기분만 좋으면 서로 상대방과 친해질 수 있었다.

"오늘 어떻습니까? 날이 꿀꿀한데 술이라도 한 잔 땡길 수 있을까요?"

"술 잘하세요?"

"조금~ 방금 지방에 갔다 왔거든요~."

"어디요?"

"안동"

"안동? 거기가 어디죠? 경상도?"

"네~ 경북이죠~."

"거긴 왜요?"

그녀는 벌써 종혁에게 궁금증을 나타내고 있었다.

"하하. 사업 때문에 내려갔다가 올라왔지요."

"어떤 사업?"

"전 연예인 매니지먼트입니다. 안동 방송국에 내려가서 일 좀 보고 올라왔지요."

"어머? 그럼 연예 쪽?"

"네. 하하. 그래서 오늘은 피곤해서 일찍 집에 들어왔지요. 너무 피곤해서."

"아…"

운향은 가슴이 떨려왔다. 종혁이라는 이 남자가 연예인 일을 하고 있다니. 채팅방에서 그런 일을 하는 사람을 만날 수 있었다는 것은 가슴 설레는 일이었다.

"지금 피곤해요?" "왜요?"

"얼굴 함 봤으면 해서요, 히히~."

"운향님은 얼굴이 이뻐요?"

"네 조금 .. 남들이 다 잘 빠졌다고들 그래요~ 호호호~"

"그럼 섹시 걸?"

"호호~ 그런 셈이죠~."

"만약 만나보고 나서 얼굴이 이쁘면 일을 같이 하실 생각도 있어요?"

"어떤 일요?"

운향은 갑자기 가슴이 뛰기 시작했다. 무엇으로도 지금의 기분을 표현할 수 없을 정도였다.

"그냥 내가 하는 일요."

"좋지요 머!"

결국 그들은 사당동 역에서 만나기로 약속을 했다. 4번 출구에서 종혁이 차안에서 기다리기로 약속을 하고는 컴에서 빠져나왔다.

사당동역 4번 출구에서 종혁은 기다렸다. 잠시 뒤에 날씬하게 생긴 여자애가 두리번거리며 다가왔다.

"혹시? 종혁님 이세요?"

"네. 그럼 운향님?"

"네. 저예요. 언제 나오셨어요?"

"조금 전에요. 옆에 타세요."

종혁은 옆문을 열어주었다. 조수석에 올라탄 운향은 종혁을 쳐다보며 웃었다.

"이렇게 뵈서 반갑네요."

"네 저도. 하하. 어디로 갈까요?"

"아무데나… 전 빨리 나오느라고 별로 가꾸지도 못 했는데……."

"하하 괜찮습니다 처음 봤지만 상당한 미인인데 뭘 그래요? 그럼 아무 데로나 가겠습니다. 하하."

종혁은 차를 몰기 시작했다 어디로 갈까 생각하다가 조용한 잠실 고수부지로 가는 것이 낫겠다는 생각이 들었다.

그는 곧 잠실 고수부지로 향했다.

"커피로 할까요? 아니면 시원한 사이다?"

고수부지에 도착하는 그는 매점의 불켜진 것을 턱짓으로 가리키면서 물었다.

"제가 사올게요. 여기 계세요."

운향이 먼저 차에서 내려서는 곧바로 매점으로 가서 캔커피와 맥주, 콜라를 사왔다.

"맥주도?"

"네. 그냥 사와 봤어요. 안 마시면 집에 가지고 가면 되지요 머"

"네 하하."

종혁은 예상외로 일이 쉽게 풀린다는 생각을 했다. 운향은 연예인 매니저 일을 한다는 종혁의 말에 깜박 넘어가는 듯했다.

그렇지 않고서야 처음 채팅에서 만난 남자에게 맥주를 사 올리가 없었다.

"전 맥주로 하죠."

종혁이 그렇게 말하자,

"저도 그걸로 할게요."

운향도 캔 맥주를 집어들었다. 종혁이 캔 맥주를 따서 그녀에게 건네주고는 자신도 캔 맥주를 따서 입으로 가져 갔다.

"직업은요?"

"저요? 전 그냥 놀아요. 대학 졸업하고 나서 회사 잠깐 다니다가 쉬고 있는 중이에요."

"전공이 뭐죠?"

"현대무용."

"아, 내 그래서 몸매가 멋지구나"

"호호, 아네요."

종혁은 이미 그녀가 차 곁으로 다가올 때부터 백미러를 통해 그녀의 얼굴과 몸매를 살펴봤던 것이다. 쭉 빠진 몸매와 괜찮은 얼굴이 긴 머리와 조화를 이루었다. 그녀는 길다란 청바지를 입고 있었다.

강가에는 데이트를 하러 나온 차들이 드문드문 서 있었다. 모두 다 강 쪽으로 거리를 두고서 일정한 간격을 두고서 데이트에 열중하고 있는 듯했다. 시원한 맥주가 들어가자 피곤이 싹 가시는 듯했다. 옆에는 채팅에서는 만나기 드물게 잘 빠진 운향이 재잘거리고 있었다.

"연예인 일을 하고 싶어요?"

"네 그런 일은 누구나 다 하고 싶죠."

"하하. 네. 오늘 운향 씨를 만나니까 인재를 하나 발굴 한 거 같습니다. 더구나 현대무용까지 전공했다니 . 하하."

"그럼 저도 그런 일을 할 수 있겠어요?"

"아, 그럼요. 조금 있다가 자리가 비면 그때 들어가면 됩니다. 그때까지는 연기 연습이다 생각하고 인터뷰하는 거나, 실제로 연기하는 것 같은 연습을 해두는 것도 좋지요. 자리가 비면 곧바로 할 수 있도록 말입니다."

"어머, 그래요?"

운향은 갑자기 날아갈 듯한 기분이었다. 자신의 미모가 마음에 든다는 그의 말이 가슴을 설레게 했다.

"연기는요. 정통으로 공부하지 않았으면, 그냥 TV를 보면서 그대로 따라하는 것이 최고의 수업입니다. 그것보다 더 확실한 연기 공부는 없죠. 그리고 인터뷰하는 거는, TV에 나오는 인터뷰 장면을 보면서 무엇을 물어보는 건가를 유심히 보면서 자신이 직접 해보는 것이 도움이 될 겁니다."

"그렇겠네요?"

"그렇지요. 다 그렇게 해서 뜨는 거지요 머."

종혁은 마치 연예인 매니저인 것처럼 굴었다. 운향도 능수능란하게 말하는 그가 매니저일 거라고 생각했다.

그녀는 더없이 좋았다.

바로 눈앞에 스타 탄생의 길이 열려 있는 것 같은 희열에 들떠 그와 오래도록 같이 있고 싶은 마음이었다.

벌써 캔 맥주 두 개를 비운 운향은 술기운이 약간 올라와 있었다.

"운향 씨."

"네?"

"나를 어떻게 생각해요? 괜찮은 남자라고 생각해요?"

"내 아주 좋은 남자 분 같아요."

"그럼. 키스 한 번 해도 될까요?"

"키스요…?"

운향은 그의 말이 믿어지지 않았다. 그가 프로포즈 비슷한 것을 해온 것에 대해 가슴이 뛰기 시작했다.

"네 이런 데서 키스하고 싶습니다…"

"네…"

운향은 망설일 것이 없었다. 그가 언제라도 키스를 해온다면 받아줄 수 있었다.

종혁은 운향의 의자를 뒤로 젖힌 다음에 운향의 몸 위로 기대왔다. 그의 입술이 곧 닿았다.

그는 한 손으로는 운향의 손바닥을 잡은 채로 입술을 포겠다.

"…"

운향은 기분이 좋았다. 그의 입술이 따뜻하다고 느껴졌다. 그와 처음 하는 키스였지만 어색하다는 느낌은 들지 않았다.

"기분이 어때요?"

"네… 좋아요."

그들은 다시 입술을 포겠다. 이번엔 그가 혀를 내밀어 운향의 입 속에 집어넣었다. 그녀는 혀를 내밀어 그의 혀를 받아들였다. 그는 어느새 손이 밑으로 내려가고 있었다.

그를 제지할 힘도 없었다. 운향은 그가 청바지의 지퍼를 내리고는 속옷 속으로 손을 밀어 넣는 것까지도 느낄 수 있었다.

그럴 수도 있을 것이라고 생각했다.

운향은 그가 하는 대로 내버려두었다. 그가 싫지 않았기 때문에.

"옷 벗어요."

그가 나직이 말을 했다. 그는 이미 운향의 청바지를 밑으로 끌어내리고 있었다.

운향은 마지못해 허리를 들어주었다.

팬티마저 벗겨 내린 그는 자신의 바지를 벗어 내리고는 운향의 몸 위로 올라왔다.

간단하게 몸을 포갠 그들은 곧 격렬해지기 시작했다. 그 순간만큼은 아무도 그들을 제지 할 수 없었다.

차가 요동을 치듯이 출렁거렸다. 그러나 눈여겨볼 사람은 아무도 없었다. 옆에 있는 차들도 뿌연 김이 서려 안을 알아볼 수 없을 정도였다.

잠깐 동안의 카섹스였다.

옷을 다 입고 나서 운향은 의자 뒤로 누웠다.

"운향 씨. 사랑해."

종혁은 다시 그녀를 껴안으면서 입술을 덜었다.

이번에는 운향의 팔이 그를 껴안았다.

두 사람은 이제 말이 필요 없는 사이라고 볼 수 있었다.

"나도 종혁 씨가 좋아요."

"응."

"그런 생각이 들었어요. 처음부터……."

"나도 그래 앞으로 자주 만날 수 있을 거야"

"매일?"

"응. 매일 만날 수 있지. 내가 일이 안 바쁘면 언제든지…"

"….."

그녀는 눈을 감았다. 자신의 몸 위에 엎드려 있는 그가 좋았다. 그를 껴안은 채로 가만히 있고 싶었다.

"이건 우리 둘만의 일이야. 누구한테도 말하지 마. 알았지?"

"응. 사랑해."

운향은 다시 그를 껴 안았다.

"전화해도 돼?"

운향이 물었다.

"그래 좋지."

"애인 없지?"

"응. 그러니까 이러는 거지. 운향인 애인이 있나?"

"나도 없어. 그럼 좋아"

"그래 이제 가자. 너무 늦었어."

운전석으로 돌아온 그는 핸들을 잡았다. 앞 유리창이 뿌옇게 젖어 있었다. 송풍구를 앞 유리창으로 해서 뿌연 김을 지워내고선 그곳을 출발했다.

그녀를 다시 사당동역 근처에서 내려주면서 그는 작별 키스를 해주었다.

"잘 가."

"응 잘 가. 내일 전화해"

그들은 어느새 친구처럼 변해 있었다. 운향이 걸어가는 모습을 보면서 종혁은 입가에 미소를 짓고 있었다.

화려한 서울의 밤

운향은 그야말로 이쁜 애였다.

쭉 빠진 몸매는 가는 허리, 갸름한 얼굴이 마치 어느 여자
연예인을 닮은 듯했다.

그녀를 마음대로 불러내 육체의 향연을 벌일 수 있는 이유
는 바로 연예인이 되어보겠다는 요즘 여자들의 심리 때문이
아니었겠는가.

"오빠는 언제부터 작품 들어가?"

"응. 아직 일이 안 떨어졌어. 조금만 더 기다리면 돼."

종혁은 작품을 받아 와야 그제야 일을 할 시작할 수 있다는
말로 그녀의 조급함을 달래고 있었다.

그 날도 운향을 데리고 모텔로 가서 질펀하게 땀을 흘리고
난 다음에 근처 뼈다귀 해장국집으로 가서 소주잔을 기울이
고 있었다.

"오빠."

"?"

"혹시 나한테 거짓말 친 거 아냐?"

"뭐 말야?"

종혁은 소주잔을 들다 말고 멈췄다.

"나한테 말한 거 말야. 오빠 정말 매니저 맞아?"

"왜?"

"구냥. 아닌 거 같아서."

"뭐?"

종혁이 눈을 크게 뜨면서 운향을 노려봤다.

"괜찮아. 나한테는 사실대로 말해도 돼. 난 오빠가 좋으니까?"

"그럼 내가 그런 일하는 거 같지 않다고 본다는 거야. 뭐야?"

"맨날 놀잖아?"

"일이 없어서 그렇다고 했잖아? 일만 떨어지면 그때부터 난 코빼기도 안 보일 만큼 바빠."

"근데 그런 일 같은 거 하지 않을 거 같은데?"

운향은 이미 종혁이 그런 일을 하지 않을 거라고 확신하고 있었다. 매일 전화해 보면 바쁜 사람 같진 않아 보여. 어쩌면 매니저라는 이름을 팔았는지도 모른다는 생각이 들었다.

"그건 나중에 알게 돼. 자, 먹어."

종혁은 얼른 뼈다귀를 집어 그녀의 그릇에 담아 주었다.

"사실대로 말해도 돼. 난 오빠가 좋아서 그래."

"그래. 알았어. 이거나 먹어."

종혁은 더 이상 그녀가 꼬치꼬치 캐묻는 것이 듣기가 싫었다. 이젠 서서히 자신이 하고자 하는 일을 사실대로 밝혀야겠지만 그럴 때가 아니어서 잠자코 있을 뿐이었다.

매일 낮에 그녀를 불러내서 차안이거나, 모텔로 데려가서 연기 연습을 시켜준다고 하고선 그녀의 육체를 만졌던 것이 얼마나 되었던가.

이미 그녀의 육체는 종혁의 손아귀에 달려 있었다.

이제는 그가 하라는 대로 움직일 운향이었다.

두 사람은 술을 마시고는 다시 모텔로 들어갔다. 술을 마신 김에 다시 운향의 육체를 보고 싶었다.

샤워를 하자마자 그들은 한 몸이 되었다. 그녀가 녹아날 정도로 실컷 애무한 다음에서야 그는 자신의 뿌리로 마음껏 주물러댔다. 운향은 허리가 휘어질 정도로 발버둥을 치다가 종혁이 사정을 하면서 푹 쓰러졌다.

"아, 힘들어…"

운향도 이미 보통이 아니었다. 잘 빠진 몸매 덕에 여럿의 남자를 거쳤는지 일단 섹스에 돌입하면 적극적인 여자로 돌변하곤 했다.

"운향아."

"응? 왜?"

그녀가 늘어진 채로 그를 쳐다보았다.

"나 말야. 내일 안동으로 내려가는데 같이 내려갈래?"

"왜? 안동엔 왜?"

"그럴 일이 있어. 형님이 내일 출소하거든?"

"출소? 출소가 뭔데?"

운향은 늘어진 듯이 누워 있다가 부시시 몸을 일으켰다. 어디선가 들었던 단어 같기도 해서 놀라 일어난 셈이었다.

"출소도 몰라? 형님이 감방에서 썩다가 내일 출소하거든, 내일 새벽이야?"

"왜? 죄를 지었어?"

"응. 형님이 비디오 제작을 했는데. 비디오 아냐? 영화 비디오 말이야."

"응. 알아."

"그 형님이 잘못돼서 감방에 갔다가 내일 새벽에 나오는 거니까. 같이 가서 형님이 출소하는 걸 마중하러 가자는 거지."

"어떤 형님이야? 혹시 건달 아냐?"

"건달은 무슨…."

"그 형님이 나오면 영화 만들려고 그래?"

"그래. 어때? 같이 가?"

"그래. 좋아."

"그래. 하하. 그럼 푹 자 둬. 잠자고 나서 열 한 시쯤에 내려가자.”

“알았어…”

운향은 피곤했던지 곧 잠 속으로 빠져들었다.

밤 열 한 시에 일어난 그들은 서둘러 안동으로 내려가기 시작했다.

양재동 톨게이트를 빠져나가면서 차는 최고 시속으로 달렸다.

영동고속도로로 원주까지 갔다가 그곳에서 중앙고속도로로 빠져들었다.

안동에 도착했을 때는 네 시 십 분이었다.

“잠깐, 어디 가서 두부나 사야겠다.”

“두부는 왜?”

“출소하는 형님한테 줄려고.”

“출소하는 사람한테 두부를 주는 거야?”

“하하. 그래. 원해 그렇게 하는 거야.”

종혁은 차를 몰아 몇 군데 불켜진 가게를 기웃거렸지만 두부를 파는 덴 없었다. 아직 이른 시작이라 가게는 문을 열지 않은 곳이 많았다.

“큰일났군, 이러다가 못살 것 같은데.”

종혁은 다시 길가에 열려진 가게를 찾아 헤맸다. 결국 방금 문을 여는 가게에서 두부를 살 수 있었다.

종혁은 두부 한 모와 담배 세 갑을 사왔다.

그 길로 곧장 안동교도소로 달려갔다.

정문으로 가서 오늘 출소자들이 몇 시에 나오는지 물어보았다.

"좀 있으면 나올 겁니다. 지금 아마 안에서 옷을 갈아입고 있을 겁니다."

"네, 고맙습니다."

종혁은 운향을 데리고 다시 차안으로 들어가서 기다렸다. 아직도 어둠이 내려 깔려 있었다. 정문에서 비추는 희미한 불빛만이 을씨년스런 교도소의 정문을 지키고 있을 따름이었다.

"잠 다 깼지?"

"응."

"조금 있어야 나오는데 우리, 그거나 할까?"

"뭐?"

운향이 놀란 듯이 입을 삐죽거렸다.

"뭐 어때? 하고 싶어서 그러는데."

"안 돼. 여기서 어떻게 해."

"괜찮아. 누워 봐."

종혁은 얼른 운향을 뒤로 젖혔다. 의자의 레버를 움직여 뒤로 눕히고는 그녀의 몸 위로 잽싸게 날아갔다.

"왜 이래? 이러다가 들키려고?"

"여긴 괜찮아. 가만 있어봐."

"… ."

운향은 조심스럽게 정문을 바라보았다.

불이 켜진 정문 안 초소에는 정복을 입은 교도관이 의자에 앉아 졸고 있었다.

종혁은 재빨리 운향의 청바지를 내리고는 위로 올라왔다. 애무할 틈도 없이 그는 그대로 공격해 들어왔다.

정문을 힐끗 바라보면서 그는 허리를 움직였다. 차가 출렁거렸다.

"들키는 거 아냐?"

"괜찮아. 내가 보고 있잖아."

종혁은 연신 엉덩이를 움직이면서 창 밖을 내다봤다. 정문 앞은 조용하기만 했다.

사정을 하고 난 뒤에 그는 운전석으로 돌아갔다.

"어때? 괜찮지?"

"응. 근데 약간 겁났어."

"후후. 여긴 괜찮아. 아무도 없잖아."

짧은 시간에 끝낸 그들은 정문 쪽을 바라보고 있었다.

잠시 뒤에 철문이 덜컹 열리면서 웬 사내 하나가 보퉁이를 들고 나왔다.

형민이었다.

종혁은 벌떡 일어나 밖으로 나갔다.

"형님!"

"응, 왔구나."

형민이 종혁을 알아보고는 차가 있는 쪽으로 다가왔다.

"고생 많았어, 형!"

"고생은. 야, 담배나 하나 주라. 안에서 담배 피우고 싶어 혼났다 야. 여긴. 씨팔 담배 구경도 못해."

"아이구, 형님. 두부부터 먹고 나서요. 담배는 얼마든지 있습니다."

"그래. 두부 갖고 왔나?"

"네, 형님."

종혁은 얼른 비닐 봉지에 싸인 두부를 내밀었다.

형민은 두부를 지어 한 모금 베어 물고는 담배부터 찾았다. 담배를 건네고 나서 불을 붙여 주자 그는 깊게 한 모금 들어마셨다가 내뿜고는 비로소 차안에 있는 운향을 알아본 듯했다.

"쟤는 누구야?"

"아, 같이 온 애입니다. 우리 사업에 뛰어들 애입니다."

"그래? 얼굴이 반반하게 생겼군. 애인이냐?"

"아뇨. 채팅에서 꼬셨죠. 내가 형님하고 매니저 일을 한다고 하니까 벌러덩 드러누운 애입니다. 형님."

"응?"

"쟤한테는 우리가 비디오 영화를 찍는다고 말을 해 놨으니깐. 잘 아셨죠?"

"그런 구라를 쳤냐?"

"네, 하하. 형님. 그래야 쭉쭉 빠진 애들이 달라붙을 거 아닙니까?"

"하하. 그래. 알았어. 올라가자."

그들은 차로 다가갔다. 형민은 뒷좌석으로 올라탔다.

"이쪽으로 앉으세요."

운향이 얼른 내려서 뒷좌석으로 가려 하자.

"아, 됐습니다. 그냥 앉아 있어요. 난 뒷좌석이 더 편해요. 잠도 자기 좋을 거고."

형민이 제지를 했다.

차는 곧 교도소 정문을 벗어나서 달리기 시작했다.

"형님. 이번 사업은 잘 될 겁니다. 형님이 하던 거래가 있으니까 전 그것만 믿습니다. 형님."

"하하. 그래. 잘 될 거다. 난 잠을 못 잤으니까 잠 좀 자야겠다. 운전 잘해."

"네. 형님."

종혁은 엑셀레이터를 밟기 시작했다.

다시 왔던 길로 해서 중앙고속도로로 접어들었다.

서울로 돌아온 그들은 셋이서 식당으로 가서 점심을 먹으면서 술을 마셨다. 사업을 하기 전에 건배의 잔을 높이 들었던 것이다.

형민이 택시를 타고 돌아가고 난 뒤에 종혁과 운향은 다시 모텔로 들어갔다.

"그냥 씻고 자."

"응, 나도 피곤해."

두 사람은 먼 길을 다녀오느라 피곤했다.

오후 늦게 일어난 종혁이 샤워를 하고 났을 때까지도 운향은 깊은 잠에 빠져 있었다.

그녀의 벌거벗은 알몸을 내려다보면서 다시 꿈틀거리는 성욕을 느꼈다.

운향의 다리를 벌리고선 입을 갖다 대 보았다.

운향이 뒤척이다가 다시 잠잠해졌다.

그때 핸드폰의 벨이 울렸다.

"응. 오빠? 어디야?"

미라의 목소리였다.

"으응. 나 지금 비즈니스하고 있어. 잠시 뒤에 내가 전화할게."

"으응. 방은 어떻게 됐어?"

"곧 이사해야 할 거니까 그렇게 알어."

"알았어."

전화를 끊고 난 그는 다시 벗은 운향에게로 다가갔다.

운향은 세상모르게 잠들어 있었다.

그녀의 숲에 입술을 대고선 애무를 하기 시작했다.

그제야 운향은 눈을 뜨기 시작했다.

"일어났어?"

"응. 잠 다 잤어?"

"응. 실컷 잤어."

"그냥 가만 있어봐. 그대로."

"…."

종혁은 하던 일을 계속했다.

운향의 다리 사이로 들어가 계곡과 숲을 잔뜩 흐트려놓고는 혀끝으로 핥기 시작했다.

"아… 오빠!"

운향은 흥분에 휩싸이면서 종혁의 머리채를 거머잡았다. 종혁이 일어나 그녀의 계곡에 뿌리를 집어넣었다.

오래도록 끈질기게 달라붙어 있었던 그는 사정을 하고서야 옆으로 떨어져 나왔다.

두 사람은 뱀처럼 달라붙으면서 서로의 알몸을 탐하기 시작했다.

"아. 힘들어."

종혁이 쿡쿡 웃으면서 그녀의 젖가슴을 만지작거렸다.

"아까 그 형님이라는 사람 뭐 하는 사람이야? 폭력배 아냐?"

"왜?"

"그런 거 같아서."

"뭐가 그렇다는 거야? 그 형님이 폭력배 같아 뵈냐?"

"응. 종혁 씨가 형님하고 고개를 푹 숙이는 걸 보니 그런 생각이 들었어."

"아니라니깐. 비디오 영화를 찍는 형님이야. 괜히 쓸데 없는 걱정하지 마."

"안 그래 보이던데? 어떤 형님이야?"

운향은 종혁이 형님이라 부르던 형민에 대해 좋지 않은 인상을 받은 듯했다.

"왜? 형님이 주먹잽이 같아 보여?"

"그런 거 같아."

"넌 왜 그렇게 생각하냐? 뭐가 어때서?"

"그럼 왜 교도소에서 나와? 뭐가 잘못됐길래 감방에서 살다가 나와?"

"다 그런 사연이 있어. 앞으로 나하고 같이 사업을 할거니까 앞으로 그런 소리하지 말어."

"같이? 어떤 사업인데?"

"그건 몰라도 돼. 너무 귀찮게 굴지 마라."

"…?"

운향은 더 이상 묻지 않았다.

이미 저녁이 됐으므로 배가 고팠다.

근처 식당으로 들어가 저녁을 먹고는 운향을 집까지 태워다주었다. 그리고는 곧바로 미라에게 전화를 넣었다.

"응. 나야."

종혁이 시큰둥하게 대답하자.

"아, 오빠. 어디야?"

미라가 발랄하게 나왔다.

"응. 방금 일 마치고 집에 들어가는 길이야."

"그래? 오늘 못 만나?"

"왜?"

"그냥… 오빠가 보고 싶어서."

미라는 오늘따라 종혁을 보고 싶었다.

"오늘 피곤해. 새벽 일찍 지방에 갔다 왔어."

"으응. 알았어. 그럼 언제 이사를 가?"

"곧 갈 거야. 내일 만나."

"응. 알았어."

종혁은 집으로 들어가자마자 세수를 하고는 침대 위로 누웠다.

모든 것이 잘 돼 갈 것만 같았다. 이제 형민이 출소를 했으니 거래처 뚫는 것은 쉬운 일이었다.

그는 벌떡 일어나 형민에게로 전화를 걸었다.

"형님, 푹 잤어?"

"응. 그래. 어디냐?"

"집에 왔지 머."

"그래? 오늘 새벽에 달고 왔던 여자애 괜찮던데?"

형민이 흐물흐물 웃었다.

"으응. 방금 걔하고 모텔에 있다가 집에까지 태워주고 오는 길이야."

"니 까이야?"

"까이는. 그냥 데리고 노는 애지 머."

"하하. 그래. 그만하면 돈 좀 받겠어. 나머지 애들도 다 그 정도냐?"

"그 정도보다는 좀 떨어지지만. 다 괜찮은 애들이야."

"그럼 됐어. 방부터 빼라. 그리고 나서 곧바로 일 들어가자."

"그럼 된 거야? 거래처는?"

"응. 방금 연락 다 해 놨어. 그건 걱정 마. 차는 당분간 니 차로 움직이고. 난 아직 금방 나와서 차도 없다. 알지?"

"응. 알았어. 내일 만날까?"

"몇 시에?"

"아무 때나."

"알았어. 일어나는 대로 전화할게."

"오케이."

통화를 끝낸 종혁은 만사가 다 잘 될 것만 같았다. 이미 형민은 거래처에다 연락까지 취해 놓은 상태였다.

이제 본격적으로 일만 시작하면 되는 것이었다.

방이 빠지게 되면 봉천동이나 신림동으로 이사만 가면 되는 거였다.

　다음날 종혁은 일어나자마자 부동산부터 들렀다.

　마침 어제 방을 보러온 아가씨가 있었다는 말에 열쇠를 주고선 그곳을 나왔다. 미라와의 약속이 생각났지만 형민부터 만나야 할 것 같았다.

　차를 몰고 가는 동안에 형민에게 간다는 연락을 하고는 동네에서 다시 전화를 했다.

　두 사람은 만나서 커피숍으로 올라갔다.

　창가로 가서 앉은 종혁은 담배부터 꺼내 물었다.

　"어젯밤 그냥 잤어?"

　"그럼 누구하고 잤겠냐?"

　"혼자 잤어? 정말? 첫날인데 그냥 자?"

　"야, 여자라면 이젠 신물이 난다. 너도 보도방 하면서 여자 밝히면 안 돼. 일단 한 번씩 따먹은 여자는 절대로 건드리면 안 돼. 알겠냐?"

　"왜?"

　"그게 보도방의 수칙이야. 글고 돈은 정확하게 나눈다. 글고, 셋째는 이상하다 싶으면 무조건 뛴다야. 알겠지?"

　"응. 알았어."

　그들은 커피를 마시면서 담배를 피워댔다.

　"내가 데리고 있던 애들은 다 찾아올 테니까 우선은 니가 만들어 놓은 애들로 장사를 하는 거야. 내 애들도 곧 나타날

거니까.”

“몇 명이나 되는데?”

“열 댓 명 정도는 될 거다.”

“그렇게 많아?”

“그러면 니가 데리고 있는 애들하고 내가 데리고 있는 애들 합치면 스무 명은 되니까. 그정도 되면 하루만 뛰어도 니하고 나하고 둘이 나눠먹는 것이 수월찮을 거다. 하하.”

“그러네.”

종혁은 머리 속으로 재빨리 계산을 해보았다. 스무명이라면 한 사람이 하루에 두 군데만 뛰어도 200만원이라는 수입이 나오는 계산이었다. 그 가운데서 애들한테 떼어주는 돈을 빼고서 남는 돈으로 둘이서 나눠 가지면 되는 거였다.

“그러니까 보도방의 철칙을 잘 지켜. 잘못 하다가 애들이 다 떨어지면 우린 거지 되는 거야.”

“하하. 알았어.”

“애들은 말이야…”

형민이 설교조로 나왔다.

“응.”

“잘해 주면 절대 안 떨어져. 잘해 주면 애들이 애들을 물고 들어와. 그렇게 되면 우리는 가만히 앉아서 애들을 긁어모으는 거고.”

“응.”

"애들 장사야. 한 마디로 말해서."

"응."

종혁은 입가에 미소를 달고서 형민이 말하는 것을 새겨 듣고 있었다.

"애들한데도 교육을 시키겠지만…"

"응."

"이상한 낌새가 보이면 무조건 튀어야 돼. 그리고 나서 애들이 잡히면 애들은 그냥 애인 사이라고 말하면 그냥 빠져나와."

"응."

"만약 미성년자라도 말이야"

"응."

"정 급하면 돈을 바르고서 빠져나오는 수가 있으니까."

"응 알았어. 요즘 미성년자 단속이 심하다고 하던데?"

"그러니까 조심을 해야 된다는 거야. 미성년자로 걸리면 뼈도 못 추려."

"응 난 미성년자는 없어."

종혁은 미라와 진희, 동옥, 운향이 모두 미성년자는 아니라는 것에 안심을 했다.

"손님들이 미성년자를 잘찾아. 그래서 그걸 맞춰 주다 보면 미성년자로해서 걸리는 수가 있어."

"응."

종혁이 고개를 끄덕였다.

"내가 감방에 있을 때, 생각한 건데…"

"응."

"미성년자는 안 걸리게 할 방법이 있어."

"그래?"

종혁이 호기심을 나타냈다.

"그건 나중에 천천히 이야기할게. 어때? 방은 뺐나?"

"아직. 오늘 중으로 빠질 거 같아."

"그럼 됐어. 곧바로 일 시작할 거니까."

"다 이쪽만 하는 거지?"

"그래 내 무대가 이쪽이야 봉천동, 신림동만 해도 바쁠걸?"

"모텔이 몇 군데야?"

"백 개도 넘을 거다. 오늘 더 알아보면 더 나올지도 모르지"

형민은 보도방 쪽으로는 그야말로 귀신이었다. 오래 전부터 그런 일만 해 왔기 때문에 모르는 모텔이 없을 정도였다. 그가 감방에서 나왔다는 소문만으로도 모텔에서는 군침을 흘릴 정도였다.

물 좋은 계집애들을 많이 데리고 있는 것이 보도방으로선 최고수라고 할 수 있었다.

형민은 어제 교도소에서 나왔으므로 자신이 아는 모텔 외에도 발을 뻗기만 하면 곧 거래처를 더 뚫을 수 있는 능력이 있었다.

"알았어. 형, 스무 명 갖고 열심히 뛰면 되지 머 근데 형은 방을 많이 얻어야겠네? 열 다섯 명 정도라면?"

"그래 다섯 개 정도는 얻어야 될 거 같다. 한 방에 세 명씩 자도 다섯 개는 있어야 될 테니까."

"방 얻을 돈은 있어?"

"하하. 있지. 감방에 가기 전에 꼬불쳐둔 땡전이 있지. 임마, 그런 것도 없이 어떻게 보지 장사를 하겠냐? 안 그러냐?"

"하하."

"나도 오늘 중으로 방을 알아볼 거다. 애들하고 연락은 됐으니깐."

"으응 나도 오후에 연락이 올 거 같아 어젯밤에 아가씨가 방을 얻으러 왔다고 하니까."

"그래 일어나자. 너도 바쁘고 나도 바쁘고. 방 빠지면 연락해라. 나하고 같이 방을 얻으러 다니자."

"알았어. 형."

그들은 곧 자리에서 일어났다. 커피 값은 형민이 치렀다.

"형. 타. 어디까지 태워 줄까?"

종혁이 그렇게 말하자.

"됐어. 요즘은 전철을 타 보는 것도 기분이 좋더라. 감방 안에서 썩다가 나오니까 사람구경하는 것도 좋아 그냥 가."

형민이 손사래를 저었다.

"응 알았어."

종혁은 형민이 휘적휘적 걸어가는 것을 보고서 차를 몰기 시작했다. 달리는 차안에서 미라에게 전화를 걸어 나오라고 하고선 약속 장소로 달렸다.

"오빠."

미라가 먼저 나와 있었다.

"응. 타."

미라가 옆에 타자 종혁은 달리기 시작했다.

"어디로 가?"

"모텔."

"모텔? 야, 웃긴다."

미라가 깔깔거리며 웃었다.

"왜?"

"그게 뭐야? 좀 고상하게 말할 수 없어?"

미라는 여전히 깔깔 웃고 있었다.

"우린 고상틱한 거 몰라. 그냥 사실 그대로 말하는 거야 하하하."

"우우, 알았어. 보고 싶었어."

미라는 운전하는 종혁의 어깨에 머리를 기댔다가 금방 떼어냈다.

차는 골목으로 접어들어 모텔 주차장으로 들어섰다.

"여기가 봉천동이야. 앞으로 여기로 이사올 거다."

"그래? 그럼 우리도 이 동네서 살아야겠네?"

"응."

모텔로 들어간 그들은 방에 들어서자마자 곧바로 서로를 끌어안았다. 종혁은 선 채로 키스를 하다가 미라를 끌어안아 침대로 데려갔다.

그녀를 눕힌 채로 하나씩 옷가지를 벗겨나갔다.

미라는 종혁이 하는 대로 올려다보면서 만족해하는 표정을 지었다. 간단한 애무만 하고는 곧바로 뿌리를 집어넣었다. 미라는 오랜만에 느껴보는 짜릿한 쾌감에 젖어들면서 그를 끌어안았다.

"오빠."

"왜?"

종혁은 열심히 엉덩이를 움직이면서 미라의 얼굴을 내려다보았다.

"나 사랑하지?"

"그래…"

"다른 애들보다 더 사랑하는 거지?"

"…그래."

"난 오빠가 다른 애들 건드릴까봐 걱정이 돼서 그래."

"오빠, 나만 사랑해야 돼?"

"…"

종혁은 말을 않는 대신에 더 열심히 움직였다. 미라는 어깨를 들썩거리면서 종혁의 공격에 어찌할 바를 몰랐다.

사정이 끝나고 나서야 미라는 제 정신이 돌아왔다.

"나 좋아?"

"응."

종혁은 대답만 하고는 얼른 일어나 욕실로 들어갔다. 여자가 자꾸 그런 말을 하면 종혁으로선 기분이 망가지는 듯 했다. 욕실에서 샤워를 하고는 밖으로 나왔다.

"내가 옷 입혀 줄게. 다리 들어."

미라는 침대에 내려와 종혁의 팬티를 벌리고 있었다.

그녀가 입혀주는 대로 런닝과 팬티를 입고는 겉옷을 입기 시작했다.

"왜? 오늘 바빠?"

"오늘 방이 빠지거든, 빨리 씻고 나와."

종혁의 재촉에 미라는 얼른 욕실로 들어갔다.

샤워를 마친 미라와 같이 모텔을 나온 그는 차를 움직이 기 시작했다.

"너 잘할 수 있지?"

"그거?"

"그래 그래야 돈 벌어."

"응. 알았어. 남자들 녹이는 건 쉽잖아?"

"가끔 신음소리도 크게 내 그래야 남자들은 금방 사정 하는 거야."

"후후, 알았어. 오빠니깐 그렇지 머 돈 벌려면 그보다 더한 것도 한다 머."

미라는 입술을 뾰족 내밀면서 삐죽거렸다 미라가 사는 동네에 내려주면서 그는 손을 들어 보였다.

"준비 잘해."

"응 잘 가. 오빠."

미라 역시 손을 들어서 흔들었다.

종혁은 그 길로 부동산으로 향했다.

마침 방을 구하러 온 아가씨가 와 있었다. 부동산 중개소 주인은 서로 인사를 하라고 하고선 방을 보러 나섰다.

"청년이 혼자 살던 방이라 깨끗해요."

부동산 가게 주인의 설명이었다.

"네."

아가씨는 힐끗 종혁을 쳐다보았다.

"아가씨 혼자세요?"

종혁은 멋쩍게 물었다.

"아뇨. 친구랑 자취하려고 그래요. 침대 놓을 자리는 있어요?"

"그럼요. 저도 침대 놓고 생활했는데요."

"더블요? 우리는 둘이라 더블이라야 하는데…"

"네 더블 놔도 괜찮습니다. 방은 커요."

종혁은 아가씨와 대화를 하면서 꽤 괜찮은 아가씨라는 인상을 받았다. 볼에 약간 보조개가 들어간 듯한 아가씨는 웃을 때마다 볼이 패이곤 했다.

　방을 구경하고 난 그녀는 마음에 드는지 곧 계약을 하겠다고 말했다. 다시 부동산으로 가서 계약서를 쓰고는 계약금 조로 100만원을 받았다. 중개소 주인은 기간 안에 방을 비워 달라는 말을 하고는 다른 손님을 맞기에 바빴다.

　"나가시죠? 이제 다 끝났는데."

　종혁이 어색한 듯이 말을 꺼냈다.

　아가씨는 머뭇거리면서 부동산 가게를 따라나왔다.

　"커피나 한 잔 하실까요? 새로 이사 들어오는 분인데…"

　"…네"

　아가씨는 종혁의 제의에 선선히 따라왔다.

　커피숍으로 올라가 자리에 앉았다.

　"뭘로 하시겠어요?"

　서빙을 하는 여자애가 와서 물었다.

　"뭘로 하지요?"

　종혁은 아가씨에게 물었다.

　"전 커피로 해요."

　"그럼 커피 둘로."

　종혁은 커피를 시키고는 담배를 꺼내 피웠다.

　"전 사업 때문에 이사를 가거든요."

　"네에."

"제가 쓰던 방 아주 깨끗합니다. 혼자 썼으니까요."

"네 그러네요."

그제야 아가씨는 웃음을 지어 보였다.

커피가 나오고 다소 분위기가 친숙해진 듯했다. 젊다는 것 때문에 모르는 사람들끼리도 어색하지가 않았다.

방을 얻으러 온 여자와 방을 내놓은 남자가 서로 만난 셈이었다. 종혁은 방이 쉽게 빠진 것에 만족을 했고, 여진은 깨끗한 방을 얻을 수 있었고 괜찮은 남자를 만난 것에 시간가는 줄 몰랐다.

"친구는 어떤 친구입니까? 동창요?"

"네. 고등학교 동창이에요."

"하시는 일은요?"

종혁은 다소 친해진 그녀에게 질문을 던지고 싶었다.

"그냥… 회사 다니다가 그만두고 지금은 아르바이트 하고 있어요."

"어디?"

"후후. 그러는 종혁 씨는요?"

여진은 갑자기 화살을 종혁에게로 돌렸다.

"전 매니저 일을 합니다. 형님이랑 같이요."

"그래요? 어떤 매니저?"

갑자기 여진은 눈빛을 반짝거렸다.

"그런 거 있어요. 영화도 찍고, 모델 일도 하고 뭐 그런 거요."

종혁은 얼떨결에 그런 말이 튀어나왔다.

"그래요? 그럼 연락처라도 하나 알아둬야겠네. 연락처 좀 주세요."

"네 그러지요."

종혁은 명함이 없었으므로 서빙을 하는 아가씨를 불러 종이에다 연락처를 적어주었다.

"전 아직 명함이 없습니다. 형님 밑에서 일을 하기 때문에 필요 없는 거죠 머."

"네."

여진은 종혁이 적어준 핸드폰 번호를 살펴보고는 소중하게 핸드백에 담아두었다. 매니저 일을 한다는 종혁의 말은 그대로 먹혀들었다.

"어때요? 맥주 한 잔 할까요?"

종혁이 그런 제의를 하자.

"그래도 돼요? 시간이 있으세요?"

이번엔 여진이 더 호기심을 갖는 듯했다.

"그럼요. 시간은 괜찮습니다."

"그럼 나가서 해요. 여긴 커피숍이라서…"

두 사람은 곧 일어섰다.

밖으로 나온 그들은 근처에 있는 호프집으로 들어갔다. 마침 저녁 시간이었으므로 좀 이른 듯하긴 했지만 곧 있으면 퇴

근할 사람들이 몰려올 시간이었다.

종혁은 맥주와 마른안주를 시키고는 여진에게 술을 따라주었다.

여진은 스스럼없이 술을 받았다.

두 사람은 마치 처음 만난 연인처럼 약간 어색하긴 했지만 어떻게 보면 더 정다운 모습으로 보일 수도 있었다.

"어떤 곳에 나가요?"

종혁은 참고 있었던 질문을 던져보았다.

"네? 아, 별로 좋은 덴 아니에요. 그냥 놀고 있으면 뭐 해요. 그냥 나가는 데예요."

"그래요? 내가 보기엔 여진 씨가 모델 일을 해도 될 거 같은데…"

"어마! 그래요?"

"모델이란 게 뭐 별 거 없습니다. 톡 튀는 분위기만 있으면 되는 겁니다. 옛날엔 아주 이쁜 미인만 썼는데, 요즘은 좀 다르죠. 개성이 강한 걸 더 중요하게 치죠."

"아, 맞아요. 좀 튀는 듯한 거 말이죠? 요즘 그런 광고 많이 봐요."

여진은 기분이 좋았다.

"그럼요. 그게 광고 효과가 더 좋죠."

"아, 그렇구나…"

여진은 알아듣겠다는 듯이 고개를 끄덕였다.

"친구도 이뻐요?"

"네. 아주 이뻐요. 미애라고 하는 앤데 나중에 한 번 봐요."

"하하. 네. 전 여진 씨가 아주 이뻐 보이는데."

"별말씀을요."

여진은 속으로 좋았지만 드러낼 수는 없었다.

두 사람은 맥주 잔을 주거니받거니 하면서 친구처럼 술을 마셨다. 맥주가 모자라면 2000cc를 더 시켜서 마셨다.

여진은 중간에 미애한테서 전화를 받았지만 미애를 섣불리 불러내지는 않았다. 여자의 특유한 질투심이랄까.

이런 자리에 불쑥 미애를 나오라고 해서 종혁을 소개시키고는 싶지 않았다. 오늘밤은 종혁과 단 둘이서 기분 좋게 술을 마시고 싶었다.

나중엔 술이 술을 마시는 꼴이었다.

그러나 종혁은 아직 말짱했다. 여진이 술에 취했을 때까지도 조금씩 양을 맞춰가면서 마셔댔던 것이다.

종혁은 도리어 술이 깨는 듯했다.

술이 취한 여진을 데리고 나와 주차장으로 갔다가 다시 찻길로 걸어나왔다. 택시를 잡기 위해 서성거렸지만 그건 시늉일 뿐이었다.

한창 붐비는 시간에 택시를 잡기란 어려운 일이었다.

"어디 가서 잠깐 쉬었다 갈까? 나 술 취했어. 어때?"

"어디?"

여진은 가슴츠레하게 눈을 뜨고선 물었지만 애교스러울 뿐이었다.

"으응. 따라와."

종혁은 술이 취한 것처럼 비틀거리며 여진에게 어깨동무를 했다. 여진을 부축 삼아 비틀거리며 걸어간 곳은 근처 모텔이었다.

"여기 어디야?"

여진이 불은 네온을 보고도 헷갈리는 듯했다.

"잠깐 들어갔다 나가자. 들어가."

종혁은 그녀의 어깨를 부축하고서 안으로 들어갔다.

카운터에서 방 값을 지불하고는 방으로 들어갔다.

"아, 취해. 여기 어디야?"

여진은 방안의 더운 공기를 마시자 곧 침대로 가서 쓰러 졌다.

"..."

종혁은 쓰러진 여진을 내려다보면서 비로소 정신을 차렸다. 그는 이제 쓰러져 있는 여진를 내려다보면서 정신이 맑아지기 시작했다.

천천히 옷을 벗고는 침대에 쓰러져 잠든 여진에게로 다가갔다.

여진은 종혁이 겉옷을 벗기는데도 알아채지 못하는 듯 했다. 귀찮다는 듯이 종혁이 옷을 벗기는 데에 팔을 휘저을 뿐이었다.

걸옷을 다 벗긴 그는 속옷만 입은 채로 누워 있는 여진의 몸을 바라보았다. 브래지어와 팬티만 걸친 채로 잠들어 있는 그녀의 모습은 마치 비린내나는 생선처럼 보여졌다.

'후후. 너도 처녀는 아니겠지'

종혁은 일부러 그런 생각을 해보았다. 이미 세상엔 처녀라는 딱지는 사라진 지 오래된 것 같았다.

물끄러미 팬티를 내려다보고 있던 그는 남다른 성욕이 들끓기 시작했다. 이제까지 여러 차례 섹스를 해 봤지만 낯선 여자와 섹스를 시작할 때는 언제나 새로운 쾌감이 자신을 잡아끄는 듯했다.

조심스럽게 여진의 다리를 벌려 보았다.

쭉 뻗은 두 다리 사이로 하얀 팬티가 보였다. 팬티 속에는 검은 거웃이 무성하게 자라나 있었다.

그는 입술을 갖다 대고는 혀끝으로 핥아 보았다.

여자의 계곡이 혀끝에 만져지는 듯했다. 이번엔 천천히 팬티를 끌어내렸다. 여진은 잠 속에 빠져들었는지 종혁의 손길조차 알아채지 못하는 듯했다. 종혁이 다리를 들어 팬티를 벗겨내는데도 그냥 그대로였다.

팬티를 다 벗겨내고 나자 브래지어는 간단하고 쉬웠다.

알몸인 채로 반듯이 누워 있는 그녀의 숲은 무성하기만 했다. 그는 손바닥으로 무성 한 숲을 쓸어 보았다. 약간의 애무에도 여진의 계곡에선 맑은 물이 흘러나왔다.

더 이상 참을 수가 없었다. 그가 올라가서 몇 번인가 몸을 움직였을 때야 여진은 눈 을 뜨는 듯했다.

"나야."

"응?"

여진은 아직도 잠 속이었다.

"그냥 있어."

"아…"

여진은 들었던 팔을 침대 위로 내려놓으면서 다시 잠 속으로 빠져드는 듯했다.

종혁은 잠든 여진의 몸위에서 혼자만의 유희를 즐겼다. 종혁이 어떤 식으로 하던 여진은 까마득히 모르는 듯했다.

그가 사정을 하고 내려왔을 때까지도 여진은 그대로 잠들어 있었다.

'희한한 계집애네. 잠 속에 빠지니 정신이 없네.'

사정을 끝낸 종혁이 여진의 계곡을 들여다보고 있는데도 그녀는 알아차리지 못했다.

'흐음. 좋아.'

종혁은 속으로 미소를 지었다.

샤워를 하고 나왔을 때까지도 여진은 그대로였다.

불을 끄고 난 뒤에 침대 위로 올라갔다.

여진의 젖가슴이 손바닥에 만져졌다.

그는 오랜 잠 속에 빠진 듯이 곧바로 꿈속으로 빠져 들어갔다.

아침에 일어났을 때는 여진이 없었다.

"?"

종혁은 여진의 옷이 그대로 의자 위에 올려져 있는 것을 보고는 욕실 쪽으로 눈길을 주었다. 욕실 안에서 물소리가 들려나오는 듯했다.

"벌써 일어났어?"

종혁이 욕실 쪽으로 소리치자.

"네 지금 샤워해요."

여진의 목소리였다.

어젯밤의 일을 알고 하는 소리 같았다.

잠시 뒤에 여진이 타월을 걸치고서 방으로 들어왔다.

"오빠. 나 덮쳤지?"

"응? 왜?"

종혁은 담배를 피우고 있다가 웃으면서 말했다.

"그거 나오잖아. 그래서 알았지 머."

"그래? 왜? 하면 안 되는 날이야?"

"아니. 그런 건 아니지만. 하면 한다고 그러지."

"어젯밤에 너 완전히 잠들었더라. 내가 흔들어도 모르던데 뭘."

"그래? 나 깨웠어?"

"그래 임마. 내가 해도 몰라"

"그랬어? 그렇게 마셨나?"

여진은 이제 부끄러움 같은 건 전혀 없었다. 종혁에게 오빠라고 부르면서 거리감 없이 나왔다.

"오빠도 샤워해. 물 받아놨어."

"응. 알았어."

종혁은 담배를 비벼 끄고는 침대에서 일어났다.

벌거벗은 채로 욕실로 들어가는 모습을 보며 여진은 쿡, 웃었을 뿐이었다. 모텔에서 나와 아침을 먹고는 헤어졌다.

"오빠 전화해"

"그래 알았어."

"잘 가."

여진은 붙임성이 있었다. 생긋 웃으며 눈인사도 곁들여 손을 흔들어 주었다.

'후후. 또 하나 잡았군.'

종혁은 왠지 모르게 기분이 상쾌해졌다. 계속 좋은 일만 생길 것만 같은 예감이 들었다.

형민과 만나 봉천동에 월셋방을 알아보았다. 스무 명 정도의 여자들이 기거할 방이라면 최소한 방은 다섯 개가 되어야만 했다. 아예 얻는 참에 방 여섯 개를 얻었다.

한 집에서 방을 구하기란 어려웠다.

거리가 멀지 않은 곳에 방 여섯 개를 계약하고는 계약금 까지 치렀다. 형민이 반을 부담해왔다.

"형. 돈 있어?"

"아, 임마. 돈 있지 내가 꼬불쳐 논 돈이 없을 거 같냐? 하하."

"어젯밤에 또 하나 꼬셨어. 그럼 됐지?"

"응? 어디서?"

"응 그냥 하나 건졌지 머"

"얼굴은 이뻐?"

"응. 죽인다. 하하. 아침에 모텔에서 나오는 길이야 그만하면 죽이는 애야."

"그래 그만하면 됐어. 벌써 스물 한 명이야 그것만 잘 굴려도 우린 돈방석에 앉을 수 있는 거다. 됐어."

형민은 아주 흡족해했다. 종혁이 척척 알아서 여자를 데리고 오는 것이 마음에 들었다.

"너 참 선팅 좀 짙게 해라. 알겠냐?"

"응 알았어."

바깥에서 여자 태우고 다니는 거 보이면 안돼. 그런 거 땜에 눈치 채이면 안 좋으니까.

"알았어. 오늘 할게."

"그래 나도 애들 만나보러 가야 하니까 나중에 보자."

"어떤 애들?"

"내가 데리고 있는 애들 말이야."

"알았어. 가 형."

종혁은 형민과 헤어져서 곧바로 잘 아는 카센터로 갔다. 그 곳에서 다시 선팅을 짙게 해달라고 부탁한 다음에 다방으로 가서 커피를 마시고 돌아왔을 때는 이미 선팅이 다 되어 있었다.

바깥에서 보면 안이 전혀 안 보일 만큼 짙은 선팅이었다. 이미 선팅이 된 위에다가 이중으로 덧씌운 것이었다.

종혁은 이삿짐 센터에다 이사할 날짜를 알려주고는 집으로 가서 모처럼 만에 즐거운 잠 속으로 빠져들었다.

그는 하루 꼬박 잠을 갔다. 낮엔 여자애들을 만나 그동안 친밀감을 쌓아놓는 일도 게을리 하지 않았다.

여러 명을 같이 불러내서 그랬다가 혹시 흐트러질지 모르니까 한 명을 불러내거나 많아 봐야 두 명과 같이 만났을 뿐이다.

한 명을 불러냈을 때는 커피를 마시고, 식사를 하고, 술을 마시기도 하고 나서 꼭 모텔에 들러 육체의 갈증을 채웠지만, 두 명과 같이 만났을 때는 전혀 그런 내색을 하지 않았다.

기분 좋게 술을 마시고는 집까지 바래다주었다.

봉천동으로 이사한 날에는 저녁에 모두 모여 강남의 나이트로 데려갔다.

그 자리에서 종혁은 형민을 형님으로 소개를 했고, 형민은 다시 종혁을 자신이 데리고 온 여자들에게 소개를 시켜 주었다.

여자는 모두 스물 한 명이었다.

여진과 여진의 친구라는 미애가 그 자리에 끼어 있었다.

각자 서로 간단한 인사 소개가 있고 나서 곧바로 술을 마시기 시작했다.

여진과 미애는 아직까지도 형민과 종혁이 무슨 일을 하는지도 모르고 있었다.

그들은 무대로 나가 신나게 몸을 풀었고, 땀이 나면 다시 테이블로 돌아와서 술을 마셔댔다.

그들은 한창 젊은 아가씨들이라선지 잠시도 자리에 앉아 있질 못했다. 금방 무대로 뛰쳐나가 리듬에 맞춰 신나게 몸을 풀어야만 직성이 풀렸다.

"오빠 나하고 같이 춤 안 출래?"

무대에서 춤을 추던 여진이 종혁에게로 와서 말했다. 종혁은 형민과 같이 술을 마시면서 사업에 대한 이야기를 주고받고 있었다.

"아냐 형님하고 같이 이야기할 게 있어. 그냥 가서 춰."

종혁 말에 여진은 입술을 삐죽이고 다시 무대로 나갔다.

"쟤들 끝내주게 노네. 그치?"

종혁이 웃으면서 형민을 쳐다보았다.

"저 정도 몸매만 되면 한 번 했던 놈들한테 자꾸 연락이 올 정도는 돼. 저 정도만 돼도 끝장이야. 하하."

형민이 술잔을 들면서 웃었다.

"저게 다 돈이지? 응?"

종혁 역시 웃으면서 그 말을 했다.

"그럼! 다 돈이지 머. 너 관리 잘해라. 절대로 함부로 손대지 말고."

"아, 알았어. 형 나도 돈 좀 벌어보는 거야"

"일단 합숙을 시작했으면 그 뒤론 절대로 손 안 대기다. 알지?"

"응."

새로 들어오는 년은 모르지만, 나중에 쟤들이 싸움이 붙으면 그건 못 말려 쟤들은 누가 너랑 붙어먹었다 하면 그대로 확 돌아서 버리거든. 그게 여자들이야.

"응 알았어. 형."

"그 날 그 날 버는 돈을 바로 그 날 쟤들한테 나눠줘 버려. 그래야 오빠가 앗쌀하다고 하면서 따르게 돼 돈 갖고 장난치면 어떻게 되는 줄 알지?"

"응."

"돈으로 여자들 모가지를 거머쥐고 있다고 생각하면 오산이야. 이미 쟤들은 이쪽 계통을 알아서 다른 데로 가도 얼마든지 대우를 받을 수 있다는 걸 알기 때문에 그렇게 했다가 허파에 바람 빠지듯이 떠나게 되면 금방이야."

"응."

종혁은 진지하게 듣고 있었다.

"여자애들 다루기가 얼마나 어려운지 나중에 알 거다. 난 그런거 많이 봤어. 괜히 남자새끼가 심심하다고 해서 여자 하나씩 불러다가 그거 했다간 여자애들이 나중에 그걸 알고서 하나 둘 보따리를 싸기 시작하면 아무도 못 말려."

"응 알았어."

"너 말야"

"응?"

"여자애들이 벗고 자는 방에 들어가도 애들이 아무렇지도 않게 느낄 수 있도록 해야 돼. 그래야 친구처럼 거리낌이 없거든. 옷을 벗고 있거나, 지랄을 하고 있거나 아무때나 방에 들어가도 애들이 안 놀라도록 친하게 지내야돼. 애들은 말이야…"

"응."

"그런 걸 좋아해. 괜히 남자라고 의식하게 되면 장사하는데 안 좋아. 차에 태우고 돌아다니면서 모텔에다 하나씩 떨구는데, 그냥 자연스럽게 내려주는 것처럼 하는 거야. 돈 많이 벌어오라고 말하는 것도 안 좋고."

"응."

"쟤들은 그냥 서비스를 잘해서 받는 팁이 다 자기 돈이라는 걸 알기 때문에 니가 그런 말 안 해도 쟤들이 더 잘 알게 돼. 가급적이면 돈 얘기, 씹한 얘기 같은 건 안 하는 것이 좋아.

그건 불문율이야."

"응. 알았어."

종혁은 고개를 크게 끄덕거렸다.

"그래. 술이나 한 잔 하자."

형민이 먼저 술잔을 들어 앞으로 내밀었다. 종혁은 형민의 술잔에 부딪치고는 입으로 가져갔다.

한바탕 춤을 추고서 테이블로 돌아온 여자애들은 갈증 때문인지 맥주를 미시기 시작했다.

"야. 니네들 옆에 남자들 뭐야?"

"누구?"

형민이 데리고 있는 여자애들과 종혁이 데리고 있는 여자애들은 서로 친구처럼 말을 건네고 있었다.

"옆에서 춤추면서 따라붙는 애들 말이야."

"몰라. 우리 옆으로 오고 싶어서 그러겠지 머."

형민이 데리고 있는 여자애들은 종혁이 데리고 있는 여자애들 옆으로 다가와서 춤을 추고 있던 서너 명의 남자들이 부러운 듯이 말을 했다.

나이트에서는 대개 그런 식으로 자연스럽게 부킹이 되기도 했다.

그러나 누군가 테이블로 들어가자는 말에 다들 따라와서 테이블에서 술을 마시면서 그 남자들이 어디쯤 앉아 있는가 하고 주위를 둘러보았다.

"응, 저기 있네. 쟤들 맞지?"

"그래. 맞아. 쟤들이 오라고 손짓을 하는 거 같은데?"

"피이. 아쉬우면 지들이 와서 정식으로 부킹 신청을 하던가 해야지 머. 앉아서 오라고 손가락 까딱한다고 해서 우리가 뭐 갈 줄 아나."

미라가 핀잔을 주듯이 픽, 웃었다.

"야. 그래도 아니, 쟤들이 좋아서 저러는데."

"좋으면 뭐해?" 앉아서 자기들이 앉아 있는 자리로 오라고 하는 저런 좀팽이들은 별로야. 밥맛 없어."

미라는 다시 핀잔을 주면서 슬쩍 남자들이 앉아 있는 테이블로 눈길을 주었다.

이번에도 한 남자가 미라를 보고 오라는 듯이 손짓을 해왔다.

"됐네요, 그런다고 우리가 가나."

미라는 옆에 있는 친구들을 의식한 듯이 말을 했다.

잠시 뒤에 남자 웨이터 한 명이 테이블로 다가와서 무릎을 꿇듯이 하고선 형민에게 말을 꺼냈다.

"저쪽 테이블 손님께서 이쪽 아가씨들이 마음에 든다고 술 한 잔 하자는데요?"

"?"

형민은 웨이터가 가리키는 남자들 테이블을 바라보았다. 저쪽 테이블의 남자들은 깍듯하게 형민을 대하듯이 고개를

숙여 보이고는 아가씨들을 좀 보내줄 수 없겠느냐는 듯이 손
짓을 보내왔다.

"좋아. 내 명함 하나 갖다 줘."

형민이 안주머니에서 지갑을 꺼내 명함을 웨이터에게 건네
주었다.

웨이터는 부킹이 성공했으므로 잽싸게 형민의 명함을 들고
선 일어났다.

"아까 같이 춤을 추시던 분들이라고 하면 안다고 그러던데
요. 오시죠"

웨이터는 여러 명의 아가씨들을 둘러보았다.

"오빠. 저쪽으로 가도 돼?"

동옥이 종혁을 보고 묻는 말이었다.

"그래. 가서 술 한 잔 마시고 와. 나중에 마음 있으면 형님
한테로 연락하라고 해."

"으응. 알았어. 야. 가자."

동옥이 먼저 자리에서 일어서면서 친구들을 부추겼다. 종
혁의 허락을 받았으므로 여섯 명이 다 저쪽 테이블로 갈 수
있었다.

그녀들이 테이블을 옮기고 나자 형민과 종혁, 그리고 형민
이 데리고 있는 여자애들만 남게 되었다.

"야, 너희들은 뭐 부킹이 없냐?"

형민이 웃으면서 한 소리 했다. 종혁이 데리고 있는 애들보

다 자신이 데리고 있는 애들이 더 뛴다고 생각하고 있다는 그런 형민의 말투였다.

"오빠도. 우리가 뭐 이런 데 부킹하러 왔나 머. 그럼 월도 부킹이나 할까?"

송아가 그 말을 하자 다들 깔깔 웃었다.

"그래. 오빠가 우리더러 부킹이나 하라고 하니까 우리도 부킹이나 하자 머."

이번엔 수지가 그런 말을 했다.

이런 곳에 와서 부킹 한번 못 해보고 술만 마시다가 간다면 잘 빠진 개들로서도 자존심이 구겨지는 일이었다.

"야야. 우리가 몇 명이니? 열다섯 명이다. 이 인원 갖고 어떻게 부킹을 하니? 둘씩 쪼개서 부킹하면 모를까. 그랬다간 밤 새워도 못하겠다. 야."

"하하하. 그러네. 웨이터 아저씨가 부랄에 요령소리나도록 뛰어다녀야 되겠네? 그지? 맞지?"

이번엔 민교가 말을 받았다. 그 말에 다들 배를 잡고 웃었다.

"그래. 인원이 너무 많아도 부킹이 안 돼. 이 많은 년들을 다 어찌하리오. 하하. 웨이터도 안 돼. 웨이터 할배라도 안 돼. 안 돼요. 안 돼. 하하."

"그래. 맞아."

다시 맞장구가 나왔다.

"그래도 그렇지. 이런 데 오면 부킹이나 해야 맛이 나는 거 아냐. 안 그러냐?"

이번엔 형민의 맞장구였다.

"됐어. 오빠. 자꾸 우리보고 부킹하래. 그러면 오빠들이나 부킹해. 우리가 그냥 보고 있을 테니까."

이번엔 여자들이 남자들을 갖고 놀았다.

"우리가 부킹하면 틀림없지. 야, 안 그러냐?"

형민이 종혁을 보며 빙그래 웃었다.

"응. 맞아. 우리가 여기서 부킹하면 1분도 안 돼서 우리 식구 둘이 늘어날 걸?"

"하하하."

"하하하. 말 되네."

금세 식구가 둘이나 늘 거라는 말에 그들은 다시 한바탕 웃음을 터뜨렸다.

형민과 종혁이 부킹을 한다면 충분히 그러고도 남을 일이었다. 부킹에서 여자 하나를 완전하게 못 꿰어차면 남자가 아니라는 듯이 생각하는 그들이었다.

다시 여자애들이 무대로 춤추러 나가고 나서 종혁이 말을 꺼냈다.

"여진이 쟤는 엉덩이가 빵빵하네."

"응. 왜? 한 번 먹어보고 싶냐?"

"아니."

종혁이 웃음을 자아냈다.

"쟤는 엉덩이가 죽여주지. 쟤는 말이야. 옷을 벗으면 더 죽여."

"형이 해 봤어?"

종혁이 물었다.

"야, 첨엔 다 해 보는 거 아냐. 그 뒤론 안 하지만."

"첨에 어땠어?"

종혁은 무대로 나가서 춤추고 있는 여진을 바라보고 있었다.

두 손을 든 채로 빵빵한 엉덩이를 움직이고 있는 모습이 어느 포르노 비디오를 찍은 여가수의 동작과 흡사했다.

"아주 기차지. 쟤는 엉덩이 돌리기 시작하면 죽여. 전에도 남자들한테 인기가 좋았어. 쟤 단골만 해도 수월찮을걸?"

"그 정도야?"

"그래. 잘 알아 둬. 쟤하고 미영이. 희우. 여진이. 수지는 남자 놈들이 일단 맛을 보고 나면 그대로 단골이 돼 버릴 정도야."

"그래?"

종혁은 다시 무대 쪽으로 시선을 주었다. 돌아가는 싸이키 조명을 받으면서 멋들어지게 흔들어대고 있는 여자애들을 하나하나 눈길로 쫓고 있었다.

여자애들은 춤을 출 때에 보면 몸의 유연한 동작을 살필 수 있었다. 여자가 얼마나 섹시한가는 그때 알 수 있는 것이었다.

"응. 쟤들은 다 끝내주는 애들이야."

"어떻게?"

종혁이 다시 관심 있게 물었다.

"야. 하하. 그걸 어떻게 다 말로 하니? 그냥 죽인다고 하면 죽이는 줄로만 알면 되는 거지."

"으응."

"쟤들은 남자들을 죽이는 방법들을 알고 있는 애들이야. 남자를 빨리 싸게 하는 방법이 있어."

"응."

종혁은 이번엔 자신이 데리고 있는 여자애들 쪽으로 시선을 옮겼다. 여자애들은 다른 남자들 테이블에서 웃고 까불고 있었다.

남자들이야 당연히 허걱 할 정도로 쭉 빠진 여자애들에게서 눈길이 떨어지지 않고 있었다.

남자들은 어떻게 하면 부킹에서 성공해서 쭉쭉빵빵인 여자애를 데리고 오늘 하룻밤 재미를 즐길 수 있겠는가에만 짱구를 굴릴 뿐이었다.

멀리서 바라보고 있는 종혁의 눈에는 그렇게 비쳤다.

네 명의 남자들이 서로 마음에 드는 애를 골라 술을 따라주고 있었다. 인원수가 서로 맞지는 않았지만 그런 대로 이런 술자리에서는 어울리는 듯했다.

"다 친구들입니까?"

남자가 물었다.

"네. 회사 친구들이에요."

운향이 답을 하자.

"오. 예. 어떤 회사요? 미인들만 있는 회사갑네?"

남자들은 호기심을 나타냈다.

"호호, 네. 우리처럼 쭉쭉빵빵이 아니면 못 들어오는 회사죠 머."

그 말에 모두들 웃었다.

"앞으로 연락이라도 하게 전화번호나 좀 주고 받읍시다. 우선 남자들이 먼저 명함을 건네는 게 낫겠지요?"

남자들은 곧 명함을 꺼내 여자애들한테 돌리기 시작했다. 한 사람에게 네 장의 명함이 돌려졌다.

남자들은 한 직장에 근무하는 사내들이었다.

춘국생명이라고 씌여져 있었다.

"보험회사시네요?"

"네."

"다음에 우리가 연락하면 단체로 미팅 한 번 할까요?"

그런 제의를 한 것은 바로 미애였다. 남자들이 귀가 번쩍 뜨일 말이었다.

"네, 좋죠 머. 언제든지 연락만 하십쇼. 그러면 여기 있는 친구들 중에 누구든 양말도 안 신고 뛰쳐나갈 겁니다. 하하하."

여진이 농담 삼아 말을 던졌다.

"저요!"

남자들은 서로 먼저 손을 들었다. 결국 다 든 셈이었다.

"그럼 우리하고 짝이 안 맞으니까 다음엔 짝을 맞춰서 나와요."

"하하. 그러지요. 우리 회사에 남자 많으니까. 하하."

그들은 젊은 기분에 친구처럼 변해 갔다.

마치 회사에서 회식을 하러 나온 것처럼 보여졌다.

흥겹게 술자리가 펼쳐지고 있는 동안에 형민과 종혁이 있는 술자리에서도 이야기꽃이 피어나고 있었다.

"쟤들이 오늘 건수 잡았나? 안 오네?"

여자들이 시샘을 하듯 삐죽거렸다.

"놔 둬. 명함 받는 거 같으니까. 나중에 불러내서 왕창 벗겨 먹을 놈들이야. 하하."

형민이 소리내어 웃었다.

"그렇겠다! 맞아!"

여자들이 소리쳤다.

"저런 놈들이 단골이 되는 거야. 일단 맛을 보라니깐요. 하하."

형민은 마치 어느 코미디언의 흉내를 내면서 말을 했다.

"오빠, 맞아. 남자들은 다 그래. 여자만 보면 헤까닥 하는 거 맞아."

"그래. 헤까닥만 하니? 앞으로 벌러덩이지 머. 호호"

여자들은 저마다 한 마디씩 거들었다.

"다 그런 거야. 남자나 여자나 다 밝히는 거지 머."

종혁도 한 마디 거들었다.

"오빠. 우린 안 밝혀요. 그냥 누워 있는 거지."

"하하하."

"누워 있다가 일어나서 위에서 하라고 하면 위에서 하고, 뭐 웅크리고 있어라 하면 웅크리고 있으면 서 쌕쌕 소리만 잘 내면 돼. 호호."

"그래그래! 남자들은 쌕쌕 소리만 잘 내 주어도 좋아하더라 머."

차희도 한 마디 거들고 나왔다.

"쟤들 오면 나가자. 늦었다."

형민이 손목시계를 보면서 말했다.

"응."

그녀들이 테이블로 돌아올 때까지 이야기를 하면서 술을 마셨다.

술값이 만만치 않게 나왔다.

"오빠. 오늘 너무 쓰는 거 아냐?"

"괜찮아. 니들이 벌어다 줄 거니까. 하하."

형민은 기분이 좋았다. 스물 한 명의 여자들을 데리고 있는 보도방 조직의 두목이라고나 해야 할까.

종혁 역시 두목이라 할 수도 있기는 하겠지만 어차피 종혁은 차를 운전해야 하는 놈이니까 두목이라고 부를 수는 없는 일이었다.

술집에서 나와 근처 포장마차로 들어가니 그들로 인해서 실내가 꽉 차버렸다.

"어이구. 오늘 왜 이런 디야?"

포장마차 주인 여자는 떼거리로 몰려온 손님들에게 환한 미소를 지었다.

자리에 앉은 그들은 이번엔 소주와 꼼장어를 시켰다.

형민과 종혁은 나란히 앉았고, 여자들은 여자들대로 끼리끼리 주위로 모여 앉았다.

소주잔을 기울이기 시작했다.

포장마차에서 굽는 꼼장어는 냄새부터가 좋았다.

여자들은 한 잔의 소주에다 꼼장어가 딱 맞는다는 말을 해왔다.

"그래. 많이 마셔라. 내일부터는 일을 시작하니까."

형민의 말이었다.

"오빠. 고마워. 내일부터 열심히 뛸게. 열심히 뛰어서 오빠들 돈벼락 맞게 해 줄게."

"하하하. 그래. 고맙다."

형민은 잔을 들어 종혁의 잔에 부딪쳤다.

"나도 니들 팍팍 밀어 줄게. 나도 한 번 돈 보따리 만져보자."

종혁도 한 마디 했다.

"그래. 오빠도 돈 보따리야!"

그들은 전부 소주잔을 들어 옆 사람과 건배를 했다.

소주 스물 세 병을 비우고서야 그들은 자리에서 일어났다. 벌써 술이 취한 애도 있었지만 서로 부축해가면서 찻길로 나갔다.

각자 택시를 잡아서 가는 수밖에 없었다.

여자애들이 다 타고 떠나는 것을 보고서야 형민과 종혁은 택시를 잡았다.

"일단 집에 가면 매일 한 번씩은 애들이 사는 방을 둘러봐야 돼."

형민의 말이었다.

"응."

"그래야 친아버지나 오빠 같은 생각이 드는 거야. 쟤들은 집에서 내 논 아이들이니까 그런 외로움을 무지 타는 애들이라는 것만 알아."

"응. 알았어."

"아침에 들러보는 건, 너무 게으르지 말라는 뜻으로 자는 방에 들어가 보는 거고, 밤에 영업이 끝나고 나서 쟤들 방에 들러보는 것은 하루를 결산한다는 뜻도 있고, 밤에 너무 늦게 자게 되면 아침에 너무 늦게 일어나니까 한 번씩 들러보는 거야."

"아, 그래?"

"그럼. 쟤들이 게으르려고 맘만 먹으면 끝없이 게을러지는 습성이 있으니까 그런 식으로 단속을 하는 거야. 그래야 소속감 같은 것도 생기고, 누군가 오빠라는 사람이 항상 우리를 지켜주는구나 하고 편안한 마음을 가지게 되는 거야."

"아, 알았어."

"낮에 한 번씩 같이 앉아서 화투를 쳐주면서 돈을 잃어주는 것도 좋고."

"응."

"쟤들은 기분만 맞춰 주면 끝없이 좋은 애들이야. 근데, 애들이 한 번 돌았다 하면 막무가내니까 명심해서 니가 잘 알아서 해."

형민은 보도방의 일을 뛰는 여자애들의 성격이 화끈한 면도 있지만 손님이 변태적인 무리한 요구를 하거나, 모욕적인 언사를 받았을 때는 머리가 팽 돌아버리는 그런 성격도 있다는 것을 알려주기 위함이었다.

"응, 알았어."

택시는 어느새 봉천동으로 들어서고 있었다.

차에서 내린 그들은 슈퍼로 가서 생활필수품들을 사서 집으로 들어갔다.

오늘이 봉천동으로 이사온 첫날밤인 것이다.

"어? 뭘 사왔어?"

진희가 방을 청소하다가 들어서는 그들을 보고 놀라는 표정이었다.

"응 오늘 첫 이삿날이니까 오빠가 사온 거다. 받아."

형민이 내민 것은 이사 집들이로 사 갖고 온 생활용품들이었다.

"아이구, 고마워라. 야, 미라야 이거 오빠가 사왔데."

미라와 진희가 주방과 욕실에서 나왔다.

"응, 오빠 왔네? 아직 정리가 안 됐어."

"됐어. 다른 데도 가 봐야 하니까. 그냥 일들이나 해. 오늘 일찍 자."

형민과 종혁은 여자애들이 방을 정리하는 것을 보고는 밖으로 나왔다.

"응 오빠 잘 가"

첫 번째 집에는 미라와 진희 그리고 동옥 셋이서 생활하는 집이었다.

그 다음 집에는 차희와 송영, 민교가 세를 든 집으로 가서 생활용품을 던져주고는 다시 밖으로 나왔다.

말하자면 이사를 했으니 앞으로 돈을 많이 벌 수 있도록 바라는 뜻에서 집들이 선물을 사간 셈이었다. 그녀들에게 환심을 사는 일일뿐만 아니라, 보도방의 대빵으로서 앞으로 너희들을 잘 지켜주기도 할 뿐 아니라, 경제적인 도움까지도 맡는다는 뜻이기도 했다.

일일이 집들이 용품을 다 나눠주고 난 다음에 형민은 종혁을 데리고 밖으로 나왔다.

"어디 가서 술이나 한 잔 더 하자."

"응 어디로 갈까?"

"아무 데로나 가지. 따라와."

형민이 먼저 앞장을 서서 걸었다. 집에서 불과 몇 미터 떨어지지 않은 곳에 단란주점이 있었다.

형민이 아는 곳인 듯했다.

"아이구, 늦게 웬일이야?"

사장인 듯한 남자는 형민이 옆에 서 있는 종혁부터 살폈다. 종혁은 술집 사장이 형민과는 아는 사이인 듯해서 고개를 약간 숙여 보였다.

"술 한 잔 하고 싶어서요. 참, 이 동생이 이번에 보도방을 맡을 겁니다. 야, 사장님한테 인사해라."

형민이 인사를 시켰다.

"강종혁입니다"

종혁이 인사를 하자.

"반가워요. 난 여기 사장이오. 앞으로 잘 좀 부탁하겠수다."

두 사람은 서로 악수를 나누었다.

"가지. 저쪽 방으로 들어가 있어. 술은 뭘로 할까? 여자는?"

주인인 사장이 미리 형민에게 묻는 말이었다.

"알아서 보내주쇼. 둘이니까."

그리고서 룸으로 들어간 뒤에 곧 아가씨 둘이 들어왔고, 양주와 안주가 들어왔다.

"반가워요. 사장님한테 들었어요. 윤희라고 합니다."

"저도요. 전 희주라고 합니다."

아가씨들은 이미 사장한테서 들은 듯했다. 그래서인지 여느 손님과는 다르게 인사를 해 왔다.

보도방을 하는 사내들이라는 것을 알고서 그녀들은 다소 친근하게 나온 것이다. 어차피 그런 바닥에서 굴러먹는 판에 보도방을 하는 사내들을 알아둬서 나쁠 건 없다는 식이었다.

먼저 술잔을 가득 채우고 나서 잔을 서로 부딪쳤다. 공생의 길을 걷고 있는 사이라고 할 수 있었다. 그랬으므로 다른 손님들과는 다르게 대할 수밖에 없었다.

"요즘 수입 좀 어떠냐?"

종혁이 먼저 물었다.

"맨날 그렇지요 머. 요즘 경기가 안 좋아서 손님들 팁이 짜졌어요."

"그래? 외박은?"

이번엔 형민이 물었다.

"외박도 줄었어요. 아무래도 여기도 경기를 타나 봐요."

"니들은 누가 관리하냐? 성철이?"

형민은 이 바닥을 훤히 꿰뚫고 있었으므로 자신이 감방에 가 있는 동안에 어느 보도방에서 이곳을 장악하고 있는지 아직 알고 있지 못했다.

"우린 도꾸다이예요. 성철이라는 오빠는 지금 감방에 들어가 있다던데요?"

"그래? 왜?"

"주먹이죠 머. 애들이 손님하고 싸웠는데 그 오빠가 손님을 때렸다고 그래요."

"그래?"

"네. 그래서 그 보도방이 깨졌어요."

"그래? 그럼 지금 어디 들어가 있나?"

형민은 성철이가 감방에 들어가 있다는 말을 오늘 처음 들었던 것이다. 성철이라면 관악 봉천동을 주름잡던 보도방이었다.

그 동안 형민은 서울에서 먼 곳인 안동교도소에 들어가 있었으므로 서울 소식을 접하지 못했던 탓이었다.

"영등포교도소에 들어가 있는데요."

"그래 언제 한 번 면회나 가봐야겠다. 성철이도 주먹 때문에 고생 깨나 하겠는데."

형민이 혼잣말처럼 중얼거렸다.

술잔이 비워지면 윤희가 옆에서 술잔을 채워주었다.

"종혁아"

"응."

"방금 이야기하는 성철이라는 애 말이야."

"응."

종혁은 술잔을 비우면서 옆에 앉은 희주에게 술잔을 건넸다. 희주가 얼른 양주병을 집어 종혁에게 건네주었다.

"성철이라는 애, 여기를 꽉 잡았던 친구야. 주먹 한 번 잘못 날리다간 그렇게 되는 거라고."

형민은 술시중을 들던 여자애가 술 취한 손님과 다투다가 보면 보도방이 끼여들어서 해결을 하게 되는데, 그런 일올 잘 처리하지 못하다가 보면 성질 때문에 주먹을 날리게 되어 피를 볼 수 있다는 식으로 가르치고 있었다.

"응."

"그런 걸 잘해야 돼. 가끔 그런 일들이 있지."

"..."

"보도방이 쉬운 게 아냐. 여자애들이 손님한테 맞고 있어도 보도방이 나서야 되고, 남자 놈이 씹값을 안 내고 오리발을 내밀 때도 있거든. 그런 놈도 있어. 실컷 씹을 하고서도 돈이 아까워 오리발을 내미는 놈이 있어. 그럴 때는 짱구를 잘 굴려서 이 씹새끼가 진짜 돈이 없어서 그렇게 나오는가, 아니면 공짜 씹을 하고서도 똥배짱으로 철면피처럼 나오는가 잘 살펴봐야 돼."

"응."

종혁은 고개를 끄덕거렸다 여자들 앞이라고 하지만 이미 그런 바닥에서 굴러먹은 여자애들이기 때문에 지금 형민이 종혁에게 교육을 시킨다고 해도 창피스러울 건 하나도 없었다.

"해 봐라. 별의별 일들이 다 벌어질 거다."

"그렇겠지."

"어떤 놈은 돈이 없다고 해서 나중에 보면 지갑 속에 말이야 지갑 뒤쪽에 있지? 가죽을 째서 그 속에 십만 원 짜리 수표를 숨겨 논 놈들도 있어. 그런 놈들은 공짜 씹을 하고서도 돈이 없다고 오리발을 내미는 놈이야."

"…"

종혁은 술잔을 기울이면서 묵묵히 형민의 말을 듣고 있었다.

"그런 놈들은 약간 겁을 줘야 돼. 솔직히 이런 바닥에서는 막 가는 세상인데, 그런 걸 우리가 모르겠냐? 옷 입은 거 보고, 안경을 어떤 거 썼나만 봐도 이 놈이 땡전이 있겠나, 없겠나 까지 귀신같이 알아내는데. 어설프게 돈이 없다고 오리발을 내밀면 그때는 약간 주물러주거나, 어깨 다시로 힘주거나 해서 하여튼 돈을 뺏어내야 돼. 별의별 놈이 다 있으니까."

"으응 알았어. 형은 그런 거 잘하잖아?"

종혁은 이미 그쪽 바닥에선 귀신이 돼 버린 형민이 부러웠다.

"그래도 말이야 솔직히 탁 깨놓고, 이 바닥에서 잘 나가도 한 번쯤은 엉뚱한 놈을 만나면 쇠고랑 차게 돼 있어. 그런 일 없으면야 떼돈을 벌지. 하하. 안 그러냐?"

형민은 옆에 있는 윤희를 보고 히죽 웃어 보였다.

"맞아요. 오빠 이 오빠는 얼굴이 잘 빠졌는데 오빠하고 같이 동업하는 사람이야?"

윤희가 종혁을 바라보면서 형민에게 물었다.

"그래 야도 잘 나가는 놈이야 이쪽은 처음이지만 날고 기는 놈이지. 하하."

"어? 정말이야? 어떻게 날고 기는데?"

윤희는 벌써 형민에게 말을 놓고 있었다. 보도방의 일을 하는 남자들과 몸을 팔아야 하는 여자 사이의 연대감이랄까. 서로는 악어와 악어새라고도 할 수 있었다.

그래서인지 윤희나 희주는 술을 마시러 온 손님처럼 어색하지는 않았다.

"하하. 그건 이 친구한테 물어 봐라. 난 몰라."

"피이. 뭐가 날고 긴다는 건지 말해 놓고서 모른데."

윤희가 종혁에게 마음이 있는 것처럼 종혁을 뻔히 쳐다 보았다.

"왜? 마음에 드냐?"

형민이 그런 말을 하자.

"맘에 들면 뭐해? 이런 일 한다고 하면 여자애들이 많을 건데."

다시 윤희의 입술이 뻐죽 튀어나왔다.

"하하. 생각 있으면 얘 밑으로 들어오면 되지. 그러면 우리가 니들 책임지고 잘 보살펴 주는 거야. 어때? 생각 없어?"

형민은 그냥 농담 삼아 던진 말이었다.

"정말이야? 그럼 나도 저 오빠 밑으로 들어가 봐? 그럼 오빠는 뭐야?"

"나?"

형민이 엄지손가락으로 자신을 가리켰다.

"응"

"난 총대빵이고, 얘는 대빵이지 머."

"그럼 둘이 동업하는 거야?"

"그래 하하. 생각 있구나?"

"조금 생각해 보고. 넌 어떻게 생각해?"

윤희는 희주에게 물었다.

"뭐 나도 오빠가 있으면 일하기는 훨씬 편하긴 하지만…"

희주는 말끝을 흐렸다. 바로 옆에 앉아 있는 종혁을 쳐다봤다. 종혁의 잘 생긴 얼굴이 마음을 끌었다.

"그럼 나하고 같이 들어갈까? 애들 많아?"

"좀 있지. 전부 스물 한 명이야 오늘 이사를 해서 다같이 한 잔 땡겼지."

"어머, 그래요? 애들 다 이뻐?"

"그래 무지 이쁜 애들이지."

"살림집은 몇 개야? 그럼 많겠네?"

"방 여섯 개 얻어 놨어. 니들은 따로 사냐?"

형민은 윤희와 희주를 번갈아 보며 물었다.

"응 둘이 자취해 우리도 이참에 들어가 볼까?"

"거 좋지! 오빠들 없으면 우리한테 들어와. 우리가 열심히 돌봐 주면 되지 머."

"그래 알았어. 우리 둘이 생각해 보고 나서 들어가던지 말 던지 하지 머."

그제야 그들은 더욱 친밀해진 듯했다. 다시 술잔을 돌리면 서 술을 마시기 시작했다.

"종혁 씨라고 했죠? 전 지윤희라고 해요. 앞으로 잘 부탁해 요."

"응."

"난 박희주라고 하고요. 저도 잘 부탁해요."

윤희와 희주는 종혁에게 잘 보이고 싶었다. 이왕 이런 일 을 할 바엔 누군가 뒤에서 돌봐 주는 남자가 있으면 좋은 일 이었다.

"하하. 그래 서로 잘해 보는 거지 니들이 도와 줘야 우리가 먹고사는 거니까. 안 그러냐?"

"호호, 맞아요. 우리가 누워야 오빠가 산다. 뭐 이런 거 아니에요?"

그 말에 모두들 웃었다.

"그래 맞지. 누워서 돈 버는 일이라면 이것밖에 더 있냐? 맞지?"

형민이 말했다.

"피이, 오빠도. 그냥 누워 있는 거 아니다 머. 그냥 누워 있으면 남자 놈들이 그대로 있으라고 그래? 어떻게든 본전 뽑으려고 위로 올라오라는 둥, 밑으로 내려가라는 둥, 엎드려서 하자는 둥, 별의별 짓을 다하면서 애를 먹이는 치들이 많아. 그런 꼴 다 보면 속으론 기가 차지만서두 돈을 벌기 위해 참는 거지."

"하하. 남자 놈들이란 다 그래. 재미를 보려고 돈을 쓰는 건데 안 그렇겠냐?"

"그 돈 얼마나 된다고. 그 돈 벌려고 다리를 벌리고 있는 우리들도 한심하지만, 그 돈 주고 이래라 저래라 온갖 요구를 다하는 놈들도 문제가 있어. 그냥 편하게, 기분 좋게 하면 어디 덧나나? 어떤 놈들은 지가 무슨 요가를 하는 놈인 줄 착각하고서 아주 어려운 거시기를 하자고 덤벼들기도 하고, 그게 어디 말대로 쉽게 되나? 하지도 못하면서 그런 걸 하려고 대드는 인간들을 보면 그거 하면서도 밥맛이 떨어져."

"후하하하. 그래?"

이번엔 종혁이 크게 웃었다.

"응, 오빠 왜 그런지 모르겠어."

희주가 종혁의 팔에 매달리면서 코맹맹이 소리를 냈다.

"남자들이 어때?"

종혁이 희주에게 물었다.

"뭘?"

"왜. 남자들하고 하면 어떠냐구."

"아. 남자들?"

"응."

"어떤 쪽으로? 그거 할 때 말이야?"

희주가 다시 물었다.

"그래."

"다 비슷하지 머. 올라가서 하다가, 나보고 올라가라고 그러고, 그러다가 뒤로하자고 그러고 다 그런 식이지 머."

그 말을 하면서 희주는 픽, 웃었다. 형민도 윤희도 재밌다는 듯이 웃고 있었다.

"특별히 잘하는 놈 없었어? 뭐 그런 거 말이야."

"다 거의 비슷해 술 마시고 나서 2차로 가는 거니까. 그냥 성의 없이 지멋대로 하는 거지 머."

"하긴 그래 술 처먹고 나서 해롱거리며 하는 거니까."

종혁도 맞장구를 쳐주었다.

“아, 있다 있어! 어떤 인간은 술 처먹고 되게 오래 하는 거 봤어.”

“어떻게 하는 놈인데?”

“으응 그 인간은 처음부터 아주 뜸을 들이더라고. 시간을 갖고 놀자는 식으로 나오는데 말이야.”

“응”

종혁은 관심이 있는 듯, 희주의 말에 흥을 돋궈 주었다.

“처음에 나보고 주물러 달라고 그러잖아? 다 처음엔 그렇게 하잖아?”

“그래.”

“그걸 오래 해 달라는 거야.”

“그러겠지.”

종혁은 남자의 편에서 그렇게 해 달라고 할 것이라고 생각하고 있었다. 그래야 남자들은 본전을 뽑는다는 생각을 가질 것이라 생각했다.

“그래서 한참 입이 아프도록 해주고 나면 이번엔 가슴, 다음엔 사타구니, 또 다음엔 목하고 귀까지해 달라는 거야. 글쎄.”

“그래서?”

종혁은 의문을 던지면서 희주의 성깔이 어떤지 살피기 시작했다.

“막 화가 나지. 어떤 미친년이 돈 5만원 받고 그런 지랄을 해?"

"그래서?"

이번엔 형민이 재밌다는 듯이 말을 받았다.

"이제 됐다고 말하고서 내가 먼저 위로 올라가서 하려고 하면 못 집어넣게 하는 거야. 그리고선 다시 애무를 해 달라고 그러는 거야. 시뻘갛게 서 있는데도 말이야. 안섰으면 몰라도 서 있는데도 시간을 끌려고 그러는 거야."

"하하. 그러면 어떻게 해?"

"막 화가 나잖아? 오빠도 입장을 바꿔 놓고 생각해봐. 돈 몇 푼 받으려고 그 지랄들을 하는데 계속 그것만 해달라고 하면 뭐야? 긴 밤도 아니고, 짧은 거 하면서 그렇게 나오면 열받지."

"후하. 그래."

남자들은 희주의 열띤 경험담에 웃음을 참지 못하고 있었다. 몸으로 뛰면서 얻은 생생한 이야기였다. 물론 형민도 그런 이야기를 들어서 알고 있었지만 안동교도소에 들어가 있는 동안 느슨해진 기억들을 다시 불러내 주는 것이었다.

"내가 빨리 하자고 그래도 안 돼. 뻣뻣하게 서 있어도 자꾸 미루는 거야. 그럴 때는 열을 받아서 확 나와버리고 싶지만 조금만 참으면 금방 끝내고 나서 돈 받을 건데 싶어서 겨우 참았던 거지 머."

"그래서?"

이번엔 종혁이 되물었다. 옆자리에선 윤희가 히죽 웃고 있었다. 이미 희주로부터 들어서 아는 이야기여서 남자들의 호기심 섞인 반응을 바라보면서 술을 마실 뿐 이었다.

"응. 지가 해달라는 대로 다 해 줬지. 확 깨물어 버리고 싶었지만 꾹 참고 말이야. 그 새끼가 말이야. 가슴하고 겨드랑이까지 애무해 주면 그걸로 끝이라고 해서 난 겨드랑이는 못해 준다고 그랬어. 겨드랑이는 냄새가 나잖아? 남 다들이니까 냄새 안 나겠어? 그래서 못 해 준다고 그랬더니 그럼 다른 아가씨를 불러 달라는 거야. 그 씨팔 새끼 가. 증말 미치겠데."

희주는 성이 난 듯 술을 홀짝 마시고는 과일 하나를 집어 입 속에 집어넣었다.

"하하. 되게 걸렸네. 그 정도라면 알 만하다."

형민도 술잔을 들이키고는 빈 잔을 희주에게 건냈다. 희주는 술잔을 받고는 고맙다는 듯이 허리를 약간 숙였다.

"그런 새끼는 첨 봤어 . 그래서 할 수 없이 눈 딱 감고 거기를 애무해 줬는데. 참 나, 정말 미치겠데."

"?"

형민과 종혁은 희주를 쳐다보았다. 윤희는 결정적인 클라이맥스인 줄 알고 있어선지 히죽 웃어 보였다.

"막상 그거 하려는데 확 싸 버리는 거 있지?"

"어? 그래?"

형민과 종혁 두 사람은 놀란 듯이 희주의 웃는 얼굴을 쳐다보았다.

"응. 정말이야 맨 나중에 나보고 올라가서 해보라고 해서 난 빨리 사정하게 해야겠다고 생각하고서 잘됐다하고 올라갔는데. 글쎄 그렇게 빨리 싸는 놈은 첨 봤어 정말 웃기는 놈이더라 머."

"그럼 조루 아냐?"

"이건 조루 뺨치는 놈이야 내가 위에서 넣자마자 벌써 뜨거운 물이 확 뿜어져 나오는 거야. 벌써 싼 거지."

"나이가 얼만데? 애들이야?"

종혁은 군바리 정도의 애들이라면 그런 상황에서 팍 싸 버릴 수 있을 거라고 생각했다.

"아냐 나이는 아마 서른 중반쯤 됐을 거야. 그 정도 나이를 처먹고도 그래. 그래서 웃긴다는 얘기지."

그제야 희주는 웃음을 참지 못하고 깔깔 웃었다.

"그럼 보통 조루도 아니네 머."

두 남자는 서로 웃었다.

"응 그래서 나보고 애무만 신나게 해달라고 그랬던 거 같애 사정하고 나서 미안한 기색도 없는 걸 보니 이미 왕 조루인 거는 확실한 거 같았어. 그러니까 태연한 거지."

"그럴 때에 태연 안 하면? 뭐 죄 지은 것도 아니잖아? 애인도 아니고 말이야."

"그래도 그렇지. 돈 내고 그거 하더라도 어느 정도 하다가 싸는 건 모르겠어. 이건 뭐 넣자마자 확 싸 버렸으니 나도 할 말이 없지 머. 웃음이 막 나오려고 그러는 걸 억지로 참았어. 내가 웃으면 지가 망신이지 머."

"하하하. 그래 그건 잘했다. 그럴 때에 네가 웃으면 남자는 화를 낼 걸?"

"응 맞아. 지 주제는 모르고서 웃는 나보고 화를 내는 거 맞아 내가 처음에 그런 걸 봤어. 그래서 나도 모르게 슬쩍 웃었더니 막 화를 내면서 딴 여자한테서는 안 그랬다고 그러는 거야. 그런 식으로 우겨서 딴 여자를 보내달라고 하면 골치 아프잖아. 그런 식으로 해서 두 명의 여자한테서 씹을 해 보겠다는 맘보를 누가 몰라? 대개 남자들은 아무리 조루라도 두 번째 하게 되면 길어진다는 거 알아. 그래서 그런 식으로 우겨서 다른 여자를 불러달라고 해서 다른 여자한테서 신나게 애무를 받으면 다시 일어설 거 아냐? 그러면 또 한번 더 하는 거지 머. 남자들은 다 그렇더라 머."

희주는 단정적으로 그렇게 말을 했다.

"하하하. 그래 맞다 남자들은 그래 여자한테 강해져야 하는데, 약하면 한 번 사정 하고 나서 또 해보려고 그러지. 그러면 두 번째는 첫 번째보다 좀 더 길어지거든. 그래서 그러는 거지."

"오빠들도 이거 알아야 돼."

희주가 다시 말을 꺼냈다. 윤희는 다리를 꼬고서 술잔을 든 채로 희주가 하는 말을 듣고 있었다.

"어떤 거?"

"남자들이 어떤 거 갖고 와서 여자한테 그걸 막 집어넣으려고 하는 거."

"그게 뭔데?"

종혁은 그게 무엇인지 짐작이 가면서도 물었다.

"왜 있잖아요 남자들이 앞에 차고 하는 거. 요즘앤 별의별 것들이 다 있어서. 그런 걸 차고서 오래. 강하게 해보려고 애쓰는 거 말야."

"하하하 맞아. 그런거 있지. 남자가 차는 거 있지."

"응. 뭐 이상한 거 다 있드라."

희주는 웃으면서 말을 했고. 듣고 있는 사람들은 재밌다는 듯이 희주를 쳐다보고 있었다.

"수십 가지도 넘을 거야. 그린 건 차고서 하자고 할 때는 기분이 안 좋아. 괜히 돈 벌려고 했다가 밑이 늘어져 버릴 것만 같기도 하고. 혹시 잘못되면 나중에 임신을 하지 못할 거 같다는 생각이 들기도 하고… 하여튼 간에 별의별 물건들을 다 차고서 덤벼드는 남들을 보면 우스워 죽겠어."

희주는 다시 깔깔 웃었다.

"그래야 남자가 여자를 죗여 놓는 거지. 안 그러냐?"

종혁이 한 마디 했다.

"그런 거 찬다고 해서 좋은 거 아니더라."

"하나도 효과 없어?"

"응. 별로. 근데 어떤 것은 약간 효과가 있는 건 있어. 그런데 대개 효과가 없는 게 더 많아. 그걸 차고 하면 남자들은 기분이 좋은가?"

"하하. 좋으니까 하겠지. 남자가 더 크게 되기도 하고. 사정이 안 되도록 거기를 꽉 잡아매는 것도 있고. 울퉁불퉁하도록 해서 여자 질 속을 후벼파주는 것도 있고. 그래서 기를 쓰고 쓸려고 하겠지. 하하."

형민은 그런 종류의 남성용 기구들에 대해서 훤히 알고 있었다.

"그런데 여자들은 별로 기분이 안 좋아. 차라리 그냥 맨 걸로 하는 게 기분이 더 좋아."

희주는 역시 맨살 예찬론을 폈다. 하긴, 돈을 받고 섹스를 해주는 일을 하면서 남자들이 성기에 차는 이상한 물건들 때문에 질이 다치거나. 남자의 성기가 너무 커져서 관계가 끝난 후에도 질 속이 얼얼할 정도로 아프다면 다음 손님과 관계를 할 때에는 아파서 일을 하기에 곤란하다.

대개 그런 기구들을 사용하고 나면 질 속이 아플 때가 많았다. 남자들은 여자가 아프거나 말거나 자기만 만족하면 그만이었다.

어쩌면 여자가 아파서 얼굴을 찡그리는 것이 자신의 테크

닉에 녹아서 그럴 거라는 착각을 하기가 일쑤였다.

대개 정상적인 연인과의 섹스에서는 그런 기구들을 사용할 수 없었지만. 돈을 받고 몸을 파는 그녀들에겐 그런 물건들을 사용해 보고 싶어하는 것이 남자의 묘한 심리였다.

"그래. 그 동안에 돈 좀 모았냐?"

형민이 물었다.

"응. 모으긴 모았지. 그래도 돈이 안 돼."

"왜?"

"돈 벌어서 옷 사 입고. 화장품 사고. 먹고 쓰고 하다 보면 뼈빠지게 다리 벌려서 모은 돈도 가치 없이 새어 버리는 거잖아. 오빠는 그런 것도 몰라?"

"아. 알지. 하룻밤에 많이 벌면 50만원까지 버는데 내가 그걸 모르겠냐."

"벌면 뭐해. 딴 데로 다 새어나가는 걸."

"그러니까 돈을 쓰는 데를 줄여야지. 내가 전에 애들을 데리고 있어 보니까 그렇게 쓰면 돈을 감당할 수가 있겠냐. 돈을 헤프게 쓰니까 좆나게 벌어도 별로 남는 게 없는거지."

"히유. 오빠도. 여자는 남자하고는 달라. 남자야 술 마실 돈하고 놀 돈만 있으면 되지만. 여자들은 기본적으로 들어가는 옷값하고 화장품값만 해도 만만치 않아. 여자가 더 사치가 심하지만. 그래서 그런 거지만."

희주는 보도방 일을 하는 여자로서의 문제점을 그대로 시

인했다.

"야. 알았다 알았어. 그런 건 나도 다 알고 있어."

형민은 얼른 술잔을 들어서 건배나 하자는 듯이 잔을 쑥 내밀었다. 다른 사람들도 잔을 들자 술잔을 부딪치고는 입으로 가져갔다.

"오빠 노래 안 불러?"

윤희가 형민에게 물었다.

"됐어. 그냥 이야기나 하는 거지. 왜 놀고 싶냐?"

"아니, 그냥 저 오빠 노래하는 거 듣고 싶어서 그래."

윤희는 입가에 미소를 지어 보였다.

"종혁이 너 노래 한 번 할래?"

형민이 종혁에게 물었다. 이제부터라도 놀고 싶으냐는 뜻이었다.

"됐어. 낼부터 일해야지. 시간이 많이 됐어."

"그래 노래 부르면 뭘 하냐 오늘은 우리 애들이 이사 한 날이고 하니까 이걸로 끝내지."

그들은 자리에서 일어났다.

"그럼 우리 어떡할까? 우리도 낼부터 같이 일해?"

희주가 윤희더러 말하면서 종혁을 쳐다보았다. 종혁의 보도방 속으로 들어오고 싶어하는 눈치였다.

"그럴래?"

윤희도 희주의 말에 찬성한다는 뜻이었다.

"그래 그럼 오늘부터 같이 나가. 나가서 우리 애들하고 소개시켜 주지. 아예 오늘부터 우리하고 손을 잡는 것도 좋지."

종혁은 윤희와 희주를 합류시키고 싶었다.

"그래 그렇게 하고 싶으면 그렇게 해라. 어때?"

형민도 찬성이었다.

"호호. 좋아 그럼 나가자."

술집 사장은 형민에게 앞으로 여자들의 공급을 잘 부탁 한다는 말을 건네 왔다. 그리고 오늘 처음 본 종혁에게도 악수를 건네 왔다.

"사장님 걱정 마십시오. 우리가 데리고 있는 애들을 보면 기가 찰 겁니다. 하하. 쭉쭉빵빵이니까 손님들이 보면 홀릴 정도일 겁니다. 하하."

"됐어. 술은 안 부족했나?"

"아, 아닙니다."

술집 사장은 형민이 술값을 계산하려고 하자 오늘 술값 계산은 그만두라고 그랬다. 여자를 술집에 공급해주는 보도방을 하는 형민과 종혁에게 오늘 마신 술값을 받는다는 건 있을 수 없는 일이었다.

밖으로 따라나온 윤희와 희주는 그들을 따라 이층집으로 들어갔다.

"오빠 어디 갔었어?"

운향과 여진, 미애가 거실에 앉아 맥주를 마시고 있다가 들어서는 그들을 보고 일어났다. 남자들 옆에는 낯선 여자 두 사람이 서 있었다.

"응 서로 인사해라. 요 앞에 있는 술집에서 술 마셨어. 이제 우리하고 같이 일할 애들이야."

종혁이 서로 인사하라고 소개를 하자.

"안녕하세요. 여기 좀 앉으세요."

미애가 두 여자에게 자리를 권했다.

자리에 앉은 그들은 다시 맥주 잔을 받았다.

서로 인사가 끝나고 나서 종혁은 앞으로 같이 살면서 함께 일하게 되었다고 말을 했다. 운향과 여진. 미애는 윤회와 회주와 곧 친해졌다. 술집에서 일하는 윤희와 회주는 그녀들에 비해서는 고참이랄 수 있었다.

여자들끼리 친해진 것을 보고는 종혁은 기분이 좋았다.

인원수가 스물 세 명으로 늘어난 것이었다. 술자리가 끝나고 나서 윤회와 여진. 미애가 한 방울 차지했고. 윤희와 회주는 형민과 종혁이 기거한 방으로 들어갔다.

"우리는 거실에서 자지."

형민이 말하자,

"오빠들도 같이 자."

"그래 괜찮아 머."

윤회와 회주가 그렇게 말했다. 그 말에 형민이 쿡, 웃었다.

"그랬다가 쟤들이 놀라겠다야. 니들 데리고 자면 쟤들 이

뭐라고 하겠냐.”

“호호. 뭐 어때. 쟤들은 그런 것도 이해 못하나?”

“됐어. 우리는 여기서 잘 테니까 안방에서 자.”

형민과 종혁은 거실에서 자기로 결정이 내려졌다.

대충 씻고서 잠자리로 들어간 다음에 형민과 종혁은 운향과 여진, 미애가 들어간 방으로 들어갔다.

여자애들은 옷을 다 벗고서 잠자리에 누워 있다가 일어나 앉았다.

“안 자?”

여진이 물었다.

“자야 자 앞으로 쟤들하고같이 잘 지내라. 쟤들은 술집을 뛰던 애들이니까 경험이 많아. 앞으로 많은 도움이 될 거야.”

“응. 근데 오빠.”

“왜?”

“쟤들은 어디서 자? 혹시 같이 자는 거 아냐?”

여진의 그 말에 다들 킥킥 웃었다.

“우린 거실에서 자니까. 딴 생각하지 말고 내일부터 열심히 뛸 생각이나 해.”

“응. 알았어.”

방에서 나온 형민과 종혁은 다시 안방으로 들어갔다.

윤희와 희주가 팬티만 입은 채로 앉아 담배를 피우고 있다가 형민과 종혁을 맞아들였다.

"야아, 쭉쭉빵빵이네."

형민이 태연스럽게 말을 꺼냈다.

"그래. 앉아."

형민과 종혁은 같이 앉아 담배를 꺼내 피웠다.

"우리 애들은 아직 처음이라서 모르는 게 많으니까 니들이 잘 알아서 갈쳐 줘라. 니들이 고참이라고 해서 통통 퉁기지 말고."

형민은 미리 그런 말을 했다.

"알았어 . 그건 걱정 마 우리가 잘 가르쳐 줄 테니까. 다른 애들은 다 다른 집에 있어?"

"그래 우리 인원이 모두 니들까지 합쳐서 스물 세 명이다. 니들은 여기서 좀 살다가 다음엔 다른 애들하고 같이 살도록 할 테니까. 그러면 니들이 돌아가면서 다 살아보는 거야 그렇게 하도록 할 테니까 니들이 잘 알아서 가르쳐 줘라."

"호호. 알았어. 우리가 교관이야?"

"하하 그런 셈이지. 우리 애들은 새삥이야."

"좋아. 오빠 말 잘 들을게."

"그래 우리도 니들이 잘 움직여 줘야 같이 돈을 버는 거다. 니들이 따로 놀고, 우리가 딴 마음을 먹으면 서로 찌그럭거리니까 알아서 해."

"응 그건 걱정 마."

"그럼, 내일 짐 갖고 올 거야?"

"응. 짐이라고 해 봐야 별 거 없어. 간단하니까."

"그래 잘 자라. 우린 거실에서 잘게."

형민과 종혁이 일어서자.

"오늘 첫날밤인데 그냥 가?"

윤희가 킥킥거리며 웃었다.

"응? 왜?"

"우리 안 안아보고 싶으냐고."

"야, 옆방에 우리 애들이 있는데 어떻게 너희들을 안겠냐 그냥 자."

"후훗 마음은 있는 거지?"

"젊고 팔팔한 남자 새끼가 그런 마음이 없으면 어떡하겠냐? 안 그래?"

형민도 그 말을 하면서 웃었다.

"그럼 이 방에서 몰래 하면 안 돼? 후후."

"둘이 같이?"

"그럼 뭐 어때?"

"…."

형민은 종혁을 쳐다보았다.

종혁이 재밌다는 듯이 웃고 있었다.

"한 방에서 둘이 하기는 좀 그렇다. 안 그러냐?"

"그럼 우리가 한 명씩 상대해 줄까? 그건 어때? 오빠."

"하하 그러면 더 좋지. 근데 누가 먼저 하지? 그것도 골치 아프네. 하하."

거기까지는 농담처럼 말이 나왔다.

윤희나 희주도 처음엔 농담으로 시작했지만 보도방을 하는 남자들에게 무언가를 보여주어야 앞으로 일을 하는 데에 어떤 끈을 맺어 놓는 것이라고 생각되었다.

몸으로 뛰는 그녀들에겐 확실한 기둥 역할을 해주는 형민과 종혁이 필요했다. 이왕같이 일할 바에는 스물 세 명의 여자 중에서 경험이 많은 고참으로써 자신들이 형민과 종혁의 힘을 얻어 언니의 위치에서 일하는 것이 마음 편할 듯했다.

"그럼 이렇게 하지. 처음엔 종혁이 저 놈이 여기서 자라. 끝나면 내가 올게. 어때? 됐냐?"

형민이 그런 제안을 내놓았다.

"응. 좋아."

윤희와 희주는 얼싸 좋아라 하는 투로 나왔다.

"형이 먼저야 내가 나중에 올게."

"됐어. 난 나중이야 니가 앞으로 열심히 뛸 놈이 아니냐 그러니까 니가 여기 있어."

그리고선 형민이 먼저 방을 나가 버렸다.

형민은 종혁을 아끼는 마음에서 형된 도리로서 먼저 나가 버린 것이었다.

그런 일로 해서 형된 자신이 양보하지 않으면 종혁에게나 그녀들에게 우스운 꼴을 보이는 거나 마찬가지였다.

하지만 종혁의 생각은 또 달랐다.

종혁은 일단 바깥으로 나갔다.

형민은 거실에 누워 팔베개를 하고 있었다.

"왜?"

"응 형이 먼저 해 난 좀 그래."

"하하. 짜식. 앞으로 니가 데리고 있을 여자애들이라고 생각하면 되지 뭘 그러냐? 옆방에서 애들이 듣겠다. 어서 들어가."

형민이 목소리를 한껏 낮추었다.

"그래도 형이 먼저 하는 것이 순서가 아냐? 안 그럼 난 여기서 잘 거야."

"야, 내가 시키는 대로 해. 그래야 재들이 너한테 소속 된 걸로 알아. 재들이 오늘 왜 저러는 줄 알아?"

"왜?"

"너한테 확실히 해두고 싶어서 그러는 거야. 니가 보도방이면, 재들은 보도방에 소속된 애들일 뿐이야. 니가 앞으로 챙겨 주지 않으면 재들은 어디서 밥 벌어먹고 살겠냐? 너한테 확실히 찍어두고 싶어서 그러는 거야. 아무 말 하지 말고 어서 들어가."

"으응..."

그제야 종혁은 형민의 말뜻을 알아차렸다.

"난 무게만 잡고 있어도 돼. 실제로 뛰는 놈은 너라는 걸 재들은 벌써 알아. 그래서 그런 거라고 생각해. 어때? 간단하지?"

"응. 알았어."

그제야 종혁은 일어났다.

방으로 들어갔을 때는 윤희와 희주가 불을 끈 채, 잠자리 속에 들어가 있었다.

"종혁 씨?"

"응."

"일루 와."

그녀들은 자리를 만들어 주었다.

종혁은 자리에 누웠다.

"난 말야. 둘 중에 한 사람만 건드릴 거다. 누가 할래?"

종혁이 다소 단호한 어조로 자신의 생각을 말했다.

"왜?"

윤희와 희주가 의아한 듯 물었다.

"내가 다 먹어버리면 형이 섭섭하지. 안 그러냐? 둘 중에 한 사람만 정해."

"후후. 웃긴다 야 그럼 너 희주가 해라. 난 구경만 하고 있을게. 그래도 되지?"

"좋아."

"응."

종혁은 일단 상대가 정해졌으므로 윤희가 옆에 있는 건 문제가 되지 않았다. 차라리 누군가 옆에서 보고 있으면 더 나을지도 몰랐다.

종혁은 희주의 몸을 더듬었다. 팬티와 브래지어를 벗겨 내린 다음에 애무를 하기 시작했다. 젖가슴과 목덜미께를 번갈아 가며 애무를 해 주다가 귓볼과 귓속까지 혀끝을 내밀어 살금살금 핥아주었다.

오랜 시간 정성을 들여 애무를 했던 탓인지 희주는 점점 격한 신음소리를 토해내기 시작했다.

"아, 이런 느낌 처음이야 그래 그렇게 해 줘."

희주는 바라는 것들이 많았다.

종혁이 아래쪽으로 내려가서 라인을 타고서 혀끝으로 회음부 쪽으로 올라갔을 때, 그녀는 벌써 쾌감에 젖어 몸을 후들거리고 있었다.

종혁이 애무를 하는 동안, 윤희는 그런 그들의 모습을 지켜보고 있었다. 그녀들은 벌써 섹스에 도통한 여자라고 할 수 있었다.

종혁이 희주의 몸 위로 올라가 뿌리를 집어넣었다.

"아…"

희주는 가벼운 신음소리를 내뱉으며 허리를 움직이기 시작했다.

그리고는 반쯤 일어나서 움직이고 있는 종혁의 엉덩이를 세게 내려 누르기 시작했다.

그만큼 충격이 커졌다.

엉덩이를 들었다가 내려칠 때에 희주는 두 손바닥으로 종혁의 엉덩이를 찍어눌렀다.

"아아…"

희주는 달아오르는 쾌감을 감당할 수 없어 밑에서 위로 엉덩이를 쳐들었다가 내려놓곤 했다.

그럴 때마다 종혁은 반격을 가하면서 뿌리를 깊숙이 집어넣었다.

"아아…"

한참만에 섹스가 끝났을 때는 기진맥진해 있었다.

"아, 좋아…"

종혁이 그렇게 말하자,

"나도…"

희주 역시 가쁜 숨을 내쉬며 말했다.

"종혁 씨가 나가서 형민씨 오라고 해요. 종혁 씨가 들어와도 좋고. 힛."

"그래."

종혁이 일어나서 밖으로 나갔다.

"형. 끝났어."

"응, 그래 재미있었냐?"

그들은 서로 속삭이듯이 말했다.

이번엔 형민의 차례였다.

형민은 부드럽게 윤희의 몸을 애무하였다.

"오빠." 윤희가 헐떡거리면서 불렀다."

"응."

"내가 위로 가서 해 볼까?"

"그래."

형민이 드러눕자, 윤희가 위로 올라갔다. 윤희는 형민을 즐겁게 해주기보다는 어쩌면 자신의 즐거움에 더 만족하는 듯했다. 유연한 허리를 움직여서 형민을 극치점으로 몰아가고 있었다.

윤희는 허리를 앞뒤로 움직일 뿐만 아니라, 전후 좌우 돌리기를 마음대로 구사하고 있었다.

형민이 사정할 때는 두 사람 모두 격렬하게 움직이다가 동작이 뚝 멈췄다.

"…."

그들은 각자 드러누운 채로 말이 없었다."

"오빠."

"응."

"오늘 기분 좋았어."

"…."

형민은 아직 숨이 찬지 말이 없었다. 잠시 뒤에 안방에서 나온 형민은 종혁과 거실에 길게 드러누웠다.

"애들 자나?"

여진이나 미애, 운향이 자고 있는지를 묻는 것이었다.

"자겠지. 술이 취했든데."

"후후. 오늘 어때?"

"뭐가?"

종혁은 알면서도 그렇게 물었다.

"쟤들 말이야."

"응…."

"오늘 무지 재수좋은 날이다. 애들 둘이 새로 생긴 거 아니
냐."

"그래."

"앞으로 애들 잘 관리해야 돼."

"응."

"쟤들 봤지?"

"…."

"벌써 몸을 놀리는 틀이 틀리잖아? 그런 거 못 느껴?"

"아, 알아. 벌써 능수 능란한 몸짓이라는 거 알아."

"그래 바로 그거야 쟤들은 벌써 남자들을 많이 상대해 봐서
남자를 어떻게 해 주면 빨리 사정하게 된다는 것까지 알고 있
는 애들이야 만약 니들이 데리고 있는 애들처럼 처음 이런 장
사를 해보는 애들이라면 남자가 하자는 대로 누워 있다간 남
자들이 끝내는 시간이 무한정 길어질 수가 있어. 남자들은 최
대한 시간을 늘어뜨리려는 속셈이 있지만 우리 애들은 하다

말고 일어날 수가 없는 거잖아. 그래서 초보인 여자애들한테
는 남자를 빨리 끝내 버릴 수 있는 기술이 필요한 거야. 쟤들
이 그런 것에는 귀신들이니까."

"아. 알겠어. 쟤들이 다른 애들한테도 그런 걸 가르쳐 주면
되겠네."

"그렇지. 내가 데리고 온 애들은 그런 걸 다 아니까 문제없
어. 우리한테는 시간이 곧 돈이야 이쪽 모텔에서 저쪽 모텔로
차로 움직이면서 빨리 끝나는 애들부터 빨리 태 워서 오는 게
곧 시간을 버는 일이야."

"알았어."

종혁은 충분히 알아들었다.

영등포구치소 안에서도 그런 이야기들을 많이 들었지만 지
금 그런 이야기를 들으니 더욱 새로운 각오가 생겼다.

"이제 자자. 좀 피곤한 것 같다."

"응. 잘 자."

그들은 곧 잠 속으로 빠져들었다.

그곳에선 무슨 일들이 일어날까

아침에 일어나서 오전에 송아네 집으로 모이라고 하고선 서로 인사들 시켰다. 어젯밤에 새로 들어온 윤리, 희주를 인사시키고 나서 오늘부터 일을 시작한다는 시업식의 뜻도 있었다.

넓은 거실에 모인 그녀들은 어리저리 대충 앉아 있었고, 형민과 종혁은 소파에 앉았다.

"오늘부터 열심히 뛴다. 뒤일은 모두 우리가 책임질 거니까 니들은 그저 열심히 뛰기만 하면 된다. 여기 있는 종혁이가 모든 걸 알아서 할 거고, 난 새로운 업소를 알아내는 일을 맡을 것이다."

"…."

모두들 형민의 말에 귀를 기울이고 있었다.

"요즘 원조교제니 뭐니 해서 시끄럽지만 내가 감방에 들어가서 연구한 방법을 쓰게 되면 절대로 걸릴 일은 없을 것이

다. 우리 식구 중에 미성년자는 한 명도 없겠지만, 만약 미성년자가 있다고 하더라도 난 안 걸릴 수가 있는 방법이 있다. 그리고…"

형민은 종혁에게 눈길을 던지고 나서 다시 말을 이었다.

"여기 있는 종혁이는 나와 제일 친한 친구다. 여러분들의 보도방으로 알고 절대로 섭섭하게 하지 말았으면 좋겠다. 무슨 일이던지 이 대빵에게 말하고, 어려운 일이 있으면 이 대빵에게 말하는 게 좋겠다. 난 이 친구에게 대빵이라는 자리를 주겠다. 이제 대빵이 나서서 한 마디 하겠다."

형민은 종혁에게 한 마디 하라고 턱짓을 했다.

종혁은 일어나서 주위를 둘러봤다. 이것도 사업체라고 생각할 수 있었다. 그랬으므로 그는 뿌듯한 심정으로 앉아 있거나 벽에 기대 있는 여자들에게 말을 꺼내기 시작했다.

"난 형님과 같이 고생을 같이 했던 놈이다. 전엔 포르노 영화도 같이 찍고 연예인을 다루는 매니저 일도 했었다. 그러나 요즘 불황기를 맞아 이런 장사도 사업일 것이라고 생각한다. 여러분들도 이왕 돈을 벌 바엔 멋지게 돈을 벌어서 자신들의 꿈을 펼치는 것이 좋으리라고 본다. 그래서 나와 형님은 여러분들이 최대한 돈을 벌 수 있도록 뒷바라지를 해 주면서 뒤를 봐 주는 일을 할 것이다. 앞으로 어려운 일이 있으면 주저하지 말고 이야기를 해 주면 좋겠고, 나는 여러분들이 불편하지 않도록 열심히 뒤를 봐 주겠다. 이제 여러분들은 모두 다 한 식구라고 생각하고서 오늘부터 열심히 뛰어주면 좋겠다.”

“오 예 ! 오빠, 연설 잘한다.”

“짝짝짝!”

박수소리까지 튀어나왔다.

“이제 조를 짜겠다. 동옥이, 미라, 진희가 1조가 된다. 그리고 운향이, 여진이, 미애, 윤희, 희주가 2조가 되고, 현지, 미영이, 영주가 3조, 차희, 송영이, 민교, 희우가 4조, 주희, 선제, 명선이가 5조, 영아, 희선이, 수지, 정민이, 송아가 6조가 된다. 다 같은 방을 쓰는 사람끼리 조를 짰으니까 나중에 서로 방이 바뀌면 조가 바뀌게 된다. 내가 약간 실수가 있더라도 너희들은 너무 섭섭해 하지는 않았으면 좋겠다. 그리고 모든 연락은 핸드폰으로 할 테니까 연락이 오면 곧바로 움직일 준비를 해 둬라. 이상이다.”

그로써 모든 지시가 끝난 셈이었다. 원래 그녀들은 오전 내내 잠을 자고 나서 오후부터 움직이면 되었다.

대개 보도방 일은 단란주점이라면 오후 다섯 시부터 인원수를 보내달라는 연락이 오기 시작하고, 모텔 같은 데서는 오후라면 어느 시간이든지 여자를 보내달라는 연락이 올 수도 있었다.

그녀들이 돌아가고 난 다음에 형민과 종혁은 아침 겸 점심을 먹었다. 아직 준비가 덜 된 주방이었지만 그녀들이 알아서 준비한 식사였다.

"이제 우리는 나가서 뛰자."

형민은 종혁을 데리고 밖으로 나왔다.

차를 몰고서 미리 인쇄한 명함을 찾아서 거래처 확보를 위해 분주하게 움직이는 일만 남았다.

봉천동과 관악구를 샅샅이 다니면서 모텔과 구두상의 계약을 하면서 종전에 하던 대로 아가씨 한 명을 보내주는 조건으로 5만원에 합의를 보았다.

단란주점에는 한 시간당 3만원에 보내 주기로 약속을 했다.

술집이나 모텔에서는 쭉쭉 빠진 미모의 아가씨를 많이 확보하는 것이 장사의 일순위였으므로 형민과 종혁의 그런 제의가 굴러온 떡이랄 수 있었다.

아가씨를 보내주고 나서 업소측으로 부터 받은 돈에서 일정 액수를 떼고서 여자들에게 나눠주면 되는 것이었다.

말하자면 형민과 종혁은 아가씨들을 관리해 주고 업소 측에 연결시켜주고 받은 금액에서 일정한 이익금을 챙기는 매니저의 일인 셈이었다.

하루종일 모텔과 단란주점을 뛰어다녔다.

낮엔 모텔에 들어가서 이야기를 꺼낼 수 있었지만 단란주점은 저녁 시간이 되어서야 문을 열기 위해 사람이 나오므로 저녁 시간까지도 돌아다녀야 했다.

그때 핸드폰이 울렸다.

종혁이 얼른 플립을 열어 귀에 갖다 댔다.

"아마 모텔에서 온 거 같은데."

형민이 옆에서 중얼거렸다.

"내 700 매니저입니다."

"네. 아까 명함을 주고 가셨죠? 잘 빠진 애로 빨리 보내 주세요."

"어딥니까?"

"억수장입니다. 빨리 보내 줘요. 빨리 안 오면 손님이 가신다고 하니까."

"네. 알았습니다. 곧 갑니다."

종혁은 핸드폰을 끊고 나서 곧바로 여진에게 핸드폰을 걸었다.

"응 나야 너 빨리 준비해. 준비해서 집 앞으로 나와 내가 차 몰고 갈 테니까. 빨리."

"응. 근데 왜?"

"모텔에서 연락이 왔어. 오늘 처음 개시야. 알지?"

"아, 알았어. 나 혼자야?"

"그래 첫 개시라니까. 빨리 나와."

"알았어."

다급하게 전화를 한 종혁의 전화를 받은 여진은 재빨리 화장을 고치고는 옷을 입기 시작했다.

"왜? 나오래?"

미애가 물었다.

"응 방금 모텔에서 연락이 왔대. 집 앞으로 나오면 차 갖고 온대"

"그래? 니가 첫 개시하네. 야야, 너 가서 잘해라. 갔다 와서 나한테 이야기 좀 해 주고. 알았지?"

"그래 나 시간 없어. 알았어."

여진은 황급하게 옷을 입고서 현관문을 열었다.

"여진아"

안에서 희주가 얼른 불렀다.

"응? 왜?"

여진이 문을 닫다 말고 뒤를 돌아보았다.

"혹시 소지품도 조심해. 어떤 놈은 샤워하고 있는 동안에 핸드백 뒤져서 번 돈을 갖고 튀는 놈도 있어. 조심해!"

"응. 알았어. 갔다 올게."

여진은 집 앞으로 걸어가면서 희주가 말한 좀도둑놈을 생각해 보았다. 얼마나 치사했으면 몸을 팔러 온 아가씨의 핸드백에서 돈을 훔쳐 달아날 수가 있을까. 아무리 사회가 어렵고 살기 힘들다고 하더라도 몸을 팔아서까지 살고자 하는 여자에게서 돈을 훔쳐간다는 것은 있을 수 없는 일이었다.

찻길 옆에 종혁의 차가 보였다.

"응. 빨리 와. 타."

종혁이 손짓을 해 왔다. 여진이 차에 올라타자마자 곧 출발했다.

"어디야?"

"응. 모텔이니까 얼른 하고 나와야 돼. 나는 차에서 기다릴 게."

"응. 알았어."

종혁의 차는 곧 억수장이 있는 찻길 가에 세워졌다. 차 에서 내린 여진은 종혁에게 싱긋 웃어 보이고는 억수장 안으로 들어갔다.

"저어, 여기 불러서 왔는데요."

여진은 처음 나선 일이라 어색했다. 그러나 일단 마음먹은 일이었으므로 대담하지 않으면 안 되었다.

"아, 왔어요? 그럼 204호실로 가 봐요. 돈은 나중에 받아 가요."

주인인 듯한 남자는 관심조차 없다는 듯이 말했다.

여진은 고개를 까딱 해 보이고는 204호실로 올라갔다.

똑똑.

노크를 하자.

"들어와요. 열렸어요."

안으로 들어서자 침대 위에 벌거벗은 채로 누워 있던 40대 중반의 남자가 들어서는 여진을 보고는 히죽 웃었다. TV를 보고 있다가 얼른 일어나는 것이었다.

"안녕하세요."

여진이 인사를 했다.

"하하. 기다렸는데 아주 이쁘군. 몇 살이야?"

남자들은 대개 나이 부터 물어 보는 게 습관인 듯했다.

"스물 하나예요."

"그래? 이쁘군. 샤워부터 할래?"

"네."

여진은 옷을 벗기 위해 불을 끄려고 스위치가 있는 데로 다가갔다.

"왜? 그냥 둬."

남자는 불을 끄지 말라고 했다.

"끄면 안 돼요? 부끄러운데…"

"이런 데 첨 오나?"

"아뇨…."

"그런데 왜 그래? 그냥 놔둬. 어차피 할 거 좀 보면 어떠냐? 안 그래?"

"…."

여진은 할 수 없었다. 손님이 싫어하는 것을 고집을 피웠다간 다른 여자를 데려다 달라고 할까 봐 겁이 났던 것이다.

그녀는 돌아서서 옷을 벗기 시작했다.

"…."

동쪽에서 남자의 뜨거운시선이 느껴졌다. 겉옷을 벗고나서 팬티와 브래지어만 남은 상태에서 남자의 목소리가 들려왔다.

"돌아서서 벗지. 뭐 본다고 닳나?"

"그냥 벗을래요."

여진은 돌아서서 남자가 보는 앞에서는 팬티와 브래지어를 내린다는 것이 싫었다.

"돌아서 봐 그것 갖고 뭘 그러냐 나한테 잘해 줘야 내가 단골이 되지. 안 그러냐?"

"…."

여진은 단골이라는 말에 잠시 망설였다. 어차피 이 길로 들어선 이상, 남자 앞에서 괜히 자존심을 세워 봐야 자신에게 도움이 될 건 없다고 생각했다.

"그거 벗지 말고 돌아서 봐. 한 번 보자니까."

"…."

여진은 할 수 없었다. 돌아서서 보란듯이 서 있었다.

"흠…."

남자는 여진의 쭉 빠진 몸매를 감상하듯이 몸 구석구석을 살피고 있었다. 마치 쾌감을 불러일으키기 위해 여진의 머리 끝에서부터 발끝까지 한 군데도 빠짐없이 낱낱이 살피고 있었다.

"이리 와 봐. 가까이."

"여기서 벗으면 안 돼요?"

"허, 오늘 처음 하나? 와 보라니까."

남자는 빨리 오라는 듯이 손짓을 했다. 여진은 할 수 없이 남자가 비스듬히 누워 있는 침대 옆으로 다가갔다.

"왜 그렇게 뻣뻣하게 구나? 오늘 처음이야? 말을 잘 안 듣는구먼."

"…."

그는 여진이 침대 옆으로 바짝 다가붙도록 하고선 여진의 팬티 앞쪽을 슬쩍 만졌다.

여진이 조금 물러서자,

"어하 가만있어 자꾸 그러면 시간만 가잖아 왜 그렇게 빼냐?"

남자는 다시 여진을 가까이 다가오게 하고선 다시 팬티를 어루만졌다. 하얀 레이스가 달린 팬티 앞쪽의 두툼한 부분을 문질렀다가 여자의 계곡 흔적이 드러나 있는 골을 따라 손가락을 문지르기도 했다.

"…."

여진은 눈을 감아 버렸다. 남자의 호기심 어린 눈빛을 바라보기가 스스로 민망스러웠던 것이다.

남자는 오래도록 팬티 위를 어루만지는 듯했다. 최대한 즐기기 위해서 그러는 것 같기도 했다.

그의 손이 팬티 속으로 들어왔다.

이젠 더 이상 피할 수가 없었다.

남자의 손은 숲을 어루만지면서 골이 패어진 계곡을 따라 내려갔다.

"….."

여진은 이상한 느낌이었다. 마치 벌레가 스멀거리며 기어가는 듯한 그런 느낌만 자꾸 들었다.

한참 동안 그 짓만 계속하던 남자는 손을 쑥 빼냈다.

"옷 벗어 봐."

"….."

여진은 브래지어를 풀어 내리고선 팬티를 벗겨 내렸다.

"호…."

남자는 정확하게 여진의 계곡을 살펴보고 있었다.

"이제 씻을래요…."

"조금만. 그냥 있어."

남자는 다시 손을 뻗어 여진의 계곡을 만지기 시작했다.

오로지 그곳밖엔 관심이 없는 듯했다.

가까스로 그곳을 벗어나 욕실로 들어간 여진은 간단하게 샤워를 하고는 다시 방으로 들어갔다.

남자의 옆자리로 올라가서 누웠다.

"그냥 눕는 거야?"

"?"

여진은 그를 쳐다보았다.

"허어, 애무해 주는 거 아냐?"

남자는 여진이 애무해 주기를 바라고 있었다. 여진은 일어나서 남자의 옆에 무릎을 꿇고선 남자의 성기에 입을 갖다 댔다. 그리고는 고개를 움직이면서 피스톤 운동을 했다. 윤희에게서 그렇게 해줘야 한다는 것을 들었지만 여진은 잊고 있었던 것이었다.

남자는 여기저기를 애무해 달라고 요구하기도 했다.

그리고선 여진더러 위로 올라오라고 했다.

여진은 윤희나 희주에게서 들을 대로 남자가 최대한 빨리 쾌감에 오르게 하기 위해 안간힘을 썼다. 그래야만 끝나는 시간이 빨라진다는 것을 그녀는 알고 있었다.

그러나 40대의 남자는 쉽사리 끝나지지를 않았다.

여진이 힘을 쓰며 거세게 엉덩이를 움직였다. 남자는 여진의 작은 엉덩이를 잡은 채로 여유를 부리고 있었다.

한 남자를 정복한다는 것이 그리 쉽지만은 않았다. 그건 여진의 착각이었다. 같은 또래의 남자라면 쉽게 사정을 해 버릴 수 있었을지 모르겠지만 이미 나이가 든 남자는 최대한 자제력을 발휘해서 여진의 알몸을 갖고 놀면서 즐기려 들었다.

시간이란 것이 길게 느껴졌다.

어느 정도 흥분이 되었는지 남자는 허리를 들어올리기 시작했다. 여진의 엉덩이가 내려칠 때마다 남자의 아래쪽도 같이 들어올려서 맞부딪치기를 시도하고 있었다.

남자는 한순간에 쉽게 무너졌다.

그가 사정을 하기 시작했을 때, 여진은 모든 동작을 멈추고서 그대로 쓰러졌다.

"계속 해. 계속 해 봐 .그냥 있으면 어떡하냐."

남자는 계속 움직이기를 요구했다.

이미 사정이 끝난 뒤인데도 남자는 그걸 요구해 왔다. 여진은 할 수 없었다. 그가 요구하는 대로 엉덩이를 움직였다.

"호아, 다 끝났어."

남자는 완전히 시들어 버린 뿌리가 힘없이 죽었을 때에야 미안한 듯이 그런 말을 했다.

여진은 남자의 성기를 닦아주고는 곧바로 일어나 욕실로 들어갔다. 샤워를 하고 나왔을 때,

"일루 와 봐."

남자는 또 다시 옆으로 오라고 그랬다.

"빨리 가 봐야 돼요."

"어허, 돈 좀 주면 안 되나. 왜 자꾸 그래."

남자는 팁을 줄 데니까 고분고분 하라는 뜻이었다. 말하자면 아쉬움이 남았다는 뜻이기도 했다.

남자들은 대개 한 번의 섹스로 만족하지 못하는 듯했다. 이왕 돈을 주고서 하는 섹스라서인지 돈을 좀 더 주면 또 한번 즐길 수 있지 않겠느냐는 생각이었다.

할 수 없었다.

"얼마 주실래요?"

여진이 물었다.

"한 번만 더 해 주면 3만원 더 주지. 됐나?"

여진은 그냥 나가고 싶었지만 온 김에 3만원이라도 더 벌고 싶었다. 그래서 그가 시키는 대로 가만히 서 있었다.

그는 다시 손가락으로 여진의 계곡을 어루만졌다. 다시 아까와 같은 짓을 하고는 위로 올라오라고 그랬다.

두 번째의 섹스는 더 시간이 길어졌다.

사정이 끝나고 나서야 그는 여진을 놓아주었다.

욕실로 들어가서 아래쪽만 간단히 씻고 나온 여진은 옷을 입기 시작했다.

"자, 다음에 너 부르고 싶은데 이름이 뭐지?"

40대의 남자는 지갑에서 3만원을 꺼내 여진에게 주면서 만족한 웃음을 지었다. 그래서 다음에 모텔에 들렀을 때에도 여진을 부르고 싶다는 말이었다.

"여진이라고 그러면 돼요."

"알았어. 오늘 좋았어."

"저, 갈게요."

여진은 말을 하고서 밖으로 나왔다.

카운터로가서 주인에게 간다고 말을 하자, 남자주인은 여진의 얼굴을 슬쩍 쳐다보고는 5만원을 내밀었다.

"아가씨 얼굴 이쁘네? 손님이 좋아해?"

"…네. 고맙습니다."

여진은 인사를 하고는 그곳을 빠져나왔다.

아직은 그런 일에 서툴러서인지 그곳에 서 있는 것조차 부끄러울 정도였다.

찻길 가에 세워져 있는 종혁의 차로 뛰어가서 뒷좌석으로 올라탔다.

"잘 됐냐?"

종혁이 물어왔다.

"응 5만원 받아왔어."

여진은 모텔 주인이 준 돈을 종혁에게 내밀었다.

"왜 그렇게 늦었냐? 손님이 뭘 자꾸 요구하데?"

종혁은 첫 수입을 받아들면서 여진의 얼굴을 살폈다. 혹시나 남자 손님이 여진에게 짓궂은 장난을 하지 않았나 해서 살피는 중이었다.

"자꾸 붙잡아서 혼났어. 애무를 해달라고 그래. 그래서 늦었어."

"하하. 여진이가 처음이라는 걸 알았겠지. 그러니까 그러는 거야 윤희나 희주처럼 닳고 닳은 애들한테는 그게 안 통하지. 힘들었어?"

"아니...."

"하하 됐어"

종혁은 첫 수입을 무난히 올린 여진에게 칭찬을 해주고 싶었다. 물론 돈을 주고 섹스를 사려는 남자들에게 시달림을 받았을 것이란 것은 눈으로 안 봐도 아는 이치가 아니겠는가.

돈을 주고 여자의 몸을 살 때는 그만한 돈의 가치만큼 뽑아내려고 하는 것이 남자들의 심리였다.

그러자면 처음 이런 일을 하는 여진으로선 황당한 일을 당할 수도 있었을 것이며, 남자의 요구에 응하다가 보면 자존심 같은 것도 깡그리 무너져야 할 때도 있었을 것이다.

원하지 않는 섹스라는 것이 얼마나 고달픈가는 종혁도 형민도 이해할 수 있었다. 여진은 약간 시달렸는지 뒷좌석에 머리를 대고선 말이 없었다.

"여진아."

종혁이 불렀다.

"응?"

"힘들어?"

"아니."

"힘들면 힘들다고 말해 나중에 몸 아프다고 하지말고."

"응 아직은 괜찮아 한 번인데 머."

"그래 앞으로 힘들거나 아프면 다른 애를 보낼 테니까 그런 거 있으면 미리 말해."

"응."

종혁이 여진에게 그런 말을 하자, 형민은 옆자리에 앉아 만족한 듯이 종혁을 쳐다보았다.

종혁이 잘 알아서 애들을 다독거리고 있다는 것을 형민은 느끼고 있었다.

차를 세우고 집으로 들어간 종혁과 형민은 여진을 쉬게 해주었다. 여진은 소파에 누운 채로 눈을 감고 있었다.

"여진이한테 주스 좀 갖다 줘라."

종혁은 운향에게 시키고는 형민과 같이 맞은편 소파에 앉았다.

"형. 이제부터 형이 혼자 움직여야 되겠어."

"그래. 넌 집에서 연락만 받고 나가. 바깥엔 내가 움직일 테니까."

형민은 바깥에 나가서 거래처를 뚫는 일을 맡겠다는 말이었다. 그리고 종혁은 모텔에서 연락이 오면 여자애를 태우고서 모텔로 날아가는 일만 하면 되었다. 거래처가 다 뚫리게 되면 그때부터는 종혁은 형민과 같이 움직일 수가 있겠지만 이미 여자를 보내달라는 연락이 오기 시작했으므로 당분간은 서로 떨어져서 일을 해야 할 판이었다.

운향과 미애, 윤희와 희주가 여진의 옆으로와서 쪼그리고 앉았다.

"어때? 괜찮았어?"

미애가 여진에게 물었다.

"응 별 거 아니더라 머. 처음엔 조금 떨렸지만."

여진은 후후, 웃었다.

고참인 윤희와 희주가 있는 앞이라서인지 여진은 힘이 들어도 힘들다고 말하지 않았을 것이다.

"그래? 남자가 추근대고 안 그랬어?"

미애는 여전히 궁금한 것이 많았다.

"추근대지. 돈 주는데 안 그러겠어."

"어떻게? 뭐라고 그래?"

미애가 다시 질문을 하자, 형민과 종혁은 옆에서 웃고 있었다. 윤희와 희주도 여유 있는 웃음을 짓고 있었다.

"나, 옷 벗는데 그냥 앞쪽을 보고 서 있으라는 거야."

"그냥?"

"응. 앞쪽을 보고 싶다고 그러면서."

"그래서? 남자가 보고 싶다고 그래?"

"응 처음부터 그렇게 나와 아직 샤워도 안 했는데 말이야."

"샤워도 안 하고?""

"그래 샤워부터 하자고 그랬는데 그냥 서 있으라는 거야"

"으흥 왜 그러지? 너 그거 보려고?"

미애와 운향은 아직도 그런 일에는 미숙할 뿐이었다.

"응. 그래서 할 수 없이 서 있었더니 손으로 막 만지는 거야."

"?"

미애와 운향은 궁금할 뿐이었다.

"팬티 속으로 손을 집어넣기도 하고."

"그랬어?"

"응 그러다가 나중에 샤워를 하고 오라고 그러더라."

"그리고는?"

"샤워하고 나오니까 다시 가까이 오라고 해서 만져 보는 거야."

"그 남자 나이가 얼만데? 애들이야?"

"애들은 나이가 아마 40대는 된 거 같은데 그러더라."

그 말을 하면서 여진도 재밌다는 듯이 웃음이 나왔다.

"그런데도 그래? 미친 놈 아냐? 나이가 그 정도나 먹었으면서 그래?"

"그래 남자가 뭐 나이가 어딨니? 여자만 보면 다 그렇겠지 머."

"그래서?"

"응 손으로 만지더니 나보고 위로 올라오래."

"너보고? 위에서 하라는 거야?"

"응. 내가 위에서 하면 나만 피곤하잖아? 이제 피곤해 지네."

여진은 약간 피곤한지 짧은 하품을 했다.

"여진아. 그럴 때는 조금만 하고선 피곤하다고 하면서 더 이상 못할 것같이 엄살을 부려야돼. 안그러면 넌 피곤해서 못해."

희주가 옆에서 듣고 있다가 한 마디 거들었다.

"그래? 맞지? 난 그것도 모르고 하라는 대로 했지 머."

"하하. 그렇게 하다간 두 탕도 못 뛰어. 나중엔 다리가 후들거릴 건데?”

이번엔 윤희가 그렇게 말하면서 깔깔 웃었다.

“히유, 내가 바보지 머.”

여진은 스스로를 인정했다.

“그래서 어떻게 됐어?”

미애와 운향은 여전히 궁금했다.

“내가 위에서 다 해줬지 머. 나이가 들어서인지 몰라도 한참 뒤에 사정하더라. 난 힘드는데.”

“하하. 한참이 아냐. 니가 힘드니까 오래 한 것 같은 기분이 들지. 남자들은 거의 5분에서 10분이면 끝나. 그것도 모르니?”

희주가 가르치듯이 말했다.

“그런가? 난 길게 느껴졌는데?”

“아냐. 남자들은 거의 그래. 위에서 움직이는 사람은 시간이 길게 느껴지는 법이야. 너도 그래서 길게 느껴졌을 거야.”

윤희와 희주는 다시 웃기 시작했다.

“그렇구나….”

여진은 고개를 끄덕였다.

“그래서? 또?”

다시 미애와 운향이 재촉했다.

“응. 내가 위에서 해 주고 나니까 사정을 하드라. 그래서 닦아주고 나서 옷을 입으려는데 또 부르는 거 있지?”

"왜?"

"샤워를 하고 나오니까 또 달라붙는 거야. 또 하자는 거지머."

"또? 그럼 미친 놈 아냐? 돈 5만원 주고 또 하자는 거야?"

"팁을 주겠대."

"얼마?"

"3만원."

"겨우 3만원? 그래서 또 했어?"

"할 수 없잖아. 그냥 나오기도 그렇고… 이왕 간 건데. 에라, 조금 더 하는 건데 생각하고 또 했지 머."

"팁은 받고?" 응. 안 주면 안 하지. 근데…."

"응. 왜?"

"두 번째는 시간이 더 길어 미치겠더라. 그때는 나를 완전히 갖고 놀더라."

"하하. 원래 남자들은 그런 거잖아. 첫 번째는 일찍 사정해도, 두 번째는 사정 시간이 길어지잖아. 그것도 몰라?"

윤희가 옆에서 한 마디 했다.

"난 그런 줄도 몰랐지. 두 번째니까 더 쉬운 줄로 알았는데."

"하하. 바보. 여진이는 아직 멀었구나."

형민도 한 마디 했다.

"그래 팁 3만원 받는다고 해도 남는 거 없어. 괜히 힘 만 빠지잖아. 너보고 위로 올라가서 하라고 그랬다메?"

종혁이 나무라듯이 부드럽게 말했다.

"응. 오빠."

여진은 자신이 실수한 것 같다는 생각이 들기 시작했다.

"너가 위로 올라가서 하면 힘들어. 그렇게 두 번만 하고 나면 허벅지에 알이 배겨. 그러면 넌 다음부터 어떻게 뛸래? 그건 요령이야. 남자가 해 달라는 대로 다 했다간 몸 망쳐."

"으응, 알았어."

그제야 여진은 무엇이 잘못됐는가를 알아차렸다.

"후후, 아직 몰라서 그래. 손님이 해달라고 해서 다 해 주다간 여자는 힘이 빠져서 못해. 한 남자만 하는 거라면 모르겠지만, 우리같이 장사를 하는 거라면 그렇게 했다가는 힘이 빠져서 못해. 손님이 무리한 요구를 해 오면 약간 성깔을 부릴 줄도 알아야 돼. 처음부터 너무 톡톡 쏘면 딴 여자를 불러 달라고 그러니까 못하지만 그것도 다 요령이야 우리같이 남자를 많이 상대해 본 여자들은 남자를 척 보기만 해도 이 남자는 어떻게 해야 할 거라는 걸 알아차려 그런 거 모르고서 하다간 남자들이 해달라는 대로 다 해 주고 나면 힘만 빠져."

"응. 알았어."

여진은 비로소 무언가를 알 만했다. 모텔 같은 데서 돈을 주고 여자를 사는 남자들은 한결같이 자기 욕심만 채우는 사람들이라는 것을 알아차릴 수 있었다.

"이런 일을 하면서 자기 관리를 분명하게 하지 않으면 몸 버려 서비스를 잘해 주고 나서 받는 팁은 니가 가지겠지만, 요령 껏 알아서 하는 게 좋아. 나하고 종혁이는 팁 받는 건 터 치 안 하겠어. 근데 시간을 너무 끌면 장사 하는데 지장이 있 다는 것만 알아 둬라."

형민이 점잖게 말을 했다.

"응, 오빠 알았어. 미안해."

"그래 알았으면 됐어. 앞으로도 그런 실수가 나오면 안 되 니까."

종혁도 한 마디 덧붙였다.

"응."

여진은 고개를 끄덕였다.

윤희와 희주는 아직 여진이가 이런 일에 익숙지 못해서 일 어난 일이라고 생각하고서 혀를 끌끌 차는 듯한 표정들 이었 다.

"난 좀 나갔다가 올께. 니가 알아서 해라."

"응. 알았어. 형."

형민은 종혁에게 모든 일을 맡기고서 밖으로 나갔다. 또 핸 드폰이 울렸다.

"내 칠공공 매니접니다."

종혁이 전화를 받자.

"여기 관악장입니다. 아가씨 둘 좀 보내주세요. 빨랑요."

"네. 알겠습니다. 곧 갑니다."

종혁은 곧장 일어났다.

"너희 둘 빨리 나와."

이번엔 운향과 희주를 찍었다. 운향과 희주는 핸드백을 챙겨 종혁의 뒤를 따라나갔다.

관악장이라면 차로 5분 거리도 안 되는 곳이었다.

차로 움직이면서 희주는 운향에게 몇 가지 지킬 점을 가르쳤다.

"일단 방에 들어가면 눈치부터 살펴야 돼. 어떤 남자인가부터 살펴보고 나서 저 남자가 화끈하게 할 것인가, 아닌가 살펴볼 필요가 있고, 그 다음엔 남자가 그거 하면서 쓸데없이 뭔가를 요구하면 튕길 줄도 알아야 돼. 너무 세게 튕기지 말고."

"응."

"일단 사정만 하면 끝이라고 생각하고 나올 생각해야 돼 거기서 붙잡는다고 머뭇거려 봐야 피곤하기만 해. 만약 팁을 더 준다고 하면 간단하게 끝내 버릴 생각을 해야 돼."

"응 알았어."

"일단 끝났다 싶으면, 일부러 오빠한테 전화를 하는 척 해서 빨리 차를 갖고 오라고 전화를 때리는 방법도 남자를 빨리 떨궈 버리는 한 방법이야. 알았지?"

"응."

차는 어느새 관악장 앞에 멈춰 섰다.

"자. 내려 난 여기서 기다릴게. 빨리 하고 나와"

"응 알았어."

운향과 희주는 재빨리 차에서 내려 관악장 안으로 들어 갔다.

카운터로 가서 왔다고 말하자, 주인인 듯한 여자는 운향과 희주를 훑어보고는 각자의 방을 가르쳐주었다.

운향은 희주에게 인사의 손짓을 해 보이고는 3층으로 올라 갔다. 희주는 일층 103호실로 들어갔다.

방문을 노크한 운향은 안에서 들어오라는 말을 듣고서 들어갔다.

남자는 침대 위에 누워 벌거벗은 채로 야한 영화를 보고 있었다.

운향은 힐끗 남자의 얼굴을 쳐다보았다.

"앉지."

남자가 침대를 가리켰다.

"저, 시간 없어요. 얼른 씻을게요."

운향이 거절의 뜻을 밝혔다. 그리고는 얼른 옷을 벗기 시작했다.

"…."

30대의 남자는 운향이 옷을 벗고 있는 장면을 바라보고 있기만했다. 옷을 다 벗고서 욕실로 들어가려는데 남자가 불렀다.

"한 번 돌아서 보면 안 되나?"

"…."

운향은 남자들이 다 그런 식으로 여자의 알몸을 보고 싶어 한다는 것을 알았다.

운향이 보란듯이 뒤로 돌아섰다가 얼른 욕실로 들어가 버렸다. 남자는 눈을 크게 떴다가 욕실로 들어가 버린 운향의 뒷모습을 쫓고 있었다.

'흠. 쓸만하군.'

30대의 남자는 입맛을 다시면서 자신의 사타구니 안에 불끈 서있는 성기를 내려다보고 있었다.

욕실에서 간단히 샤워를 마친 운향이 밖으로 나오자.

"야, 잘 빠졌네."

남자가 호기심 어린 눈빛으로 운향의 앞모습을 바라보고 있었다.

"호호. 네. 누우세요. 제가 애무해 드릴게요."

운향은 초반부터 남자에게 애무를 해 줄 생각이었다. 그래야 일찍 일을 끝내 버릴 수 있었다.

"옆에 눕지. 오늘 처음 보는데?"

"네. 저, 오늘부터 일해요."

"처음이야?"

"네."

"내가 처음이라고?"

남자는 놀란 듯했다.

"네."

"그럼 내가 잘 불렀군. 그지?"

"…."

운향은 남자와 말대답을 해봐야 괜히 시간만 갈 뿐이라고 생각하고서 남자의 성기를 거머쥐었다. 그녀는 입을 갖다 대고는 혀끝으로 핥기 시작했다.

"좀 천천히 하지 그래."

"…."

남자는 대개 그런 식으로 나왔다. 여자가 서두르게 되면 남자만 불리하다는 것을 알고 있어서일까. 여자가 서두르는 걸 좋아하지 않았다.

그러나 운향은 남자와 쓸데없이 시간을 끌기보다는 재빨리 해치우는 것이 시간을 버는 일이라고 생각되었다.

여자의 애무에 녹아나지 않는 남자는 없었다.

성기를 세운 채로 입 속에 집어넣고서 피스톤운동을 하면서 두 손으로는 고환을 감싸쥐었다. 혓바닥까지도 남자 성기의 애무에 일조를 더했다.

남자가 어느 정도 참을 수 없을 만큼 흥분이 되었다 싶을 때, 운향은 위로 올라갔다. 남자의 여자의 삽입은 의외로 쉬웠다.

결합이 된 상태에서는 오로지 운향의 움직임에 따라 남자의 흥분이 좌우되는 것이었다.

노를 젓듯이 치골과 치골을 밀착시킨 채로 앞뒤로, 혹은 좌우로 움직였다.

여성 상위 체위에서는 운향이 아는 것이라곤 그 방법 밖에 없었다.

남자는 곧 사정을 해 왔다.

뜨거운 것이 질 속을 가득 채우며 질퍽거렸을 때에서야 모든 게 끝났다는 생각이 들었다.

일을 끝냈을 때의 기분이란 허무하기만 했다.

"저, 씻고 나올게요."

그렇게 말하고선 욕실로 들어갔다.

샤워를 하고 나오자, 남자는 어느 새 옷을 입고 있었다.

"자, 이건 팁이야 다음에 또 만날 수 있나?"

남자가 건네주는 팁은 바로 다음을 약속하자는 말이기도 했다.

"네. 언제든지 부르면 돼요."

"누구를 찾으면 되지?"

"운향이라고 그래요."

"응 알았어. 오늘 너무 좋았어."

남자는 이름을 외워두기라도 하듯이 잠시 생각하는 듯 하다가 먼저 방을 빠져나갔다.

'후후. 쉽네 머'

운향은 기분이 좋았다.

불과 5분이나 됐을까. 자신이 위로 올라가서 5분쯤 흔들어 댔을 때에 남자는 벌써 사정하고 있었다.

그런데도 저 남자는 만족하다면서 팁까지 주지 않던가.

사람이란 제각각 천차만별이라는 생각이 들었다.

5분에도 만족하는 사람이 있고, 5분에 만족하지 못해 안달을 하는 사람이 있다는 것을 알았던 것이다.

카운터로 가서 5만원을 받고선 밖으로 나왔다.

"잘 했어?"

종혁이 차안에서 기다리고 있다가 창문 밖으로 물었다.

"응. 힛. 기분 좋아"

운향은 차안으로 들어갔다. "희주는 안 왔어?"

"응 아직. 뭐하나 몰라."

종혁은 손목시계를 들여다보았다. 희주는 운향과 같이 모텔로 들어가서 아직까지도 나오지 않고 있었다.

"난 나보다 먼저 나왔을 거라고 생각하고 나왔는데."

"좀 더 있으면 나오겠지 머. 근데 벌써 연락이 와서 또 한군데 더 가야 될 곳이 있는데. 왜 빨리 안 나오냐."

종혁은 담배를 꺼내 물었다. 담배 연기를 내뿜는데 모텔 에서 희주가 나오는 모습이 보였다.

"응 저기 오네. 됐다."

종혁이 손으로 가리키는 곳에 희주의 모습이 보였다. 희주는 하얗게 웃으면서 달려오고 있었다.

"어떻게 된 거야? 두 탕 뛰었나? 왜 늦었어?"

종혁은 그것부터 물었다.

"응. 일단 타고 이야기할게."

희주는 뒷자리로 가서 앉았다.

차는 곧 출발했다.

"왜 이렇게 늦었냐? 지금 딴 데로 또 가야 돼. 야. 늦겠다."

"그래? 어디?"

"응, 여기서 가깝지 머 그래 봐야 여기서 엎어지면 코 닿을 데가 아니냐."

"그럼 누가 가지?"

"글쎄 말이다. 집에서 누가 나와야 될 텐데. 니들보고 또 뛰라고 할 수도 없고…."

종혁은 얼른 핸드폰을 꺼내 동옥과 미라를 집 밖에까지 나와 있으라고 그랬다.

집 앞에서 여진과 희주를 내리게 하고는 동옥과 미라를 태워선 다시 찻길로 나왔다.

가까운 거리의 모텔이었으므로 전화를 받고서 불과 5분도 안 돼서 모텔 근처에 도착할 수 있었다.

찻길 가에 차를 세우고서 동옥과 미라를 내리게 했다. 혹시 다른 사람이 보더라도 보도방 차인 것을 알아채지 못하도록 하기 위해서였다.

찻길에서 내린 동옥과 미라는 모텔로 걸어갔다.

카운터에서 가르쳐준 방으로 찾아가면 되었다.

"잘 가."

"응."

그녀들은 서로 웃음으로 인사를 나누고는 각자 손님이 든 방으로 들어갔다.

동옥은 일층 맨 끝 방이었다.

문을 노크하고 난 뒤에 안에서 들어오라는 말이 흘러나왔다. 문을 열고 들어간 그녀는 침대 위에 누워 있는 알몸의 사내를 볼 수 있었다.

"안녕하세요."

"응. 어서 와."

처음 보는 남녀의 인사였다.

대개 그런 식으로 인사말을 건넸다. 남자는 거의 알몸으로 침대 위에 누워 있거나 엎드려 있거나 했다. 샤워를 마치고 나서 아가씨가 올 때까지 기다리는 중이었다.

동옥은 남자의 표정을 살핀 다음에 얼른 옷을 벗기 시작했다.

그리고는 샤워를 하기 위해 욕실로 들어갔다.

샤워를 마치고 나온 그녀는 쑥스러운 듯이 침대 곁으로 다가갔다.

"아, 거기 좀 있어."

동옥은 곧바로 침대 위로 올라가려 다가 말고 발걸음을 멈췄다.

"그냥 구경만 하고 싶은데."

"왜요?"

"난 그래. 하는 건 원하지 않아 그럼 됐지?"

"?"

동옥은 이해를 하지 못했다. 대개 남자라면 섹스를 하기 위해 모텔에 들러 아가씨를 찾는 걸로만 알았던 그녀는 머뭇거릴 수밖에 없었다.

"왜냐구? 하하. 그런 거 꼭 해야 하나?"

"그래도⋯."

"괜찮으니까 그대로 서 있어. 구경만 할 거니까."

남자는 진심인 듯했다. 여자의 알몸을 실컷 구경만 하다가 나중에 가서야 섹스를 하자고 그랬을 때는 괜히 시간만 낭비하는 꼴이 되는 거라서 동옥은 난감한 기분이 들었다.

"나이 몇 살이지?"

"스물 둘이에요."

동옥은 순순히 대답을 했다.

"얼굴이 이쁘군. 이런 일 언제부터 했나?"

"전 오늘 처음인데요."

"정말이야?"

"네."

"호오, 그 말 믿어도 되나?"

"정말인데요."

"다른 사람들한테도 오늘 처음이라고 그러는 거 아냐?"

"그런 거짓말 안 해요."

"돈 때문에 그래?"

"…."

"그럼."

남자는 동옥의 알몸을 유심히 살피기 시작했다. 마치 뱀처럼 전신을 핥고 있다는 것을 느낄 수 있었다. 남자의 호기심이랄까. 동옥의 도톰한 입술에서부터 젖가슴에 이르기까지, 그리고 아랫배 바로 밑의 검은 숲에까지 눈길이 가서 멈췄다.

"다리 좀 벌려 봐."

"…."

동옥은 그가 시키는 대로 했다.

"앉을 수 있나?"

"…."

동옥은 수치스러웠지만 방안에 단 둘밖에 없었기 때문에 그대로 했다.

"약간 벌려 볼 수 없나?"

"그건…."

동옥은 그것만은 하고 싶지 않았다. 난처한 표정을 짓고 서 있었다.

"그럼 됐어. 내가 무리한 부탁을 했나 보군. 그럼 뒤로 돌아서 봐."

"…"

동옥은 뒤로 돌아섰다. 아마 동옥의 뒷모습을 보기 위해 서일 거라고 생각했다.

"앞으로 엎드려 봐. 발목에 손을 짚을 수 있나?"

"…?"

동옥은 머뭇거리다가 발목에까지 손을 내렸다.

동옥의 동그란 엉덩이 사이로 작은 계곡이 보였다. 남자는 아마도 그걸 즐기는 듯했다.

"호…"

"…"

동옥은 그러고 있으면서 약간의 수치심 같은 걸 느꼈다. 자신의 엉덩이 사이로 삐져나온 계곡의 모습이 난처하게 느껴졌다.

"고맙군. 일어서도 돼."

"…"

동옥이 일어서자, "

"이리 와 봐."

남자는 옆자리로 오라고 했다. 침대 위로 올라간 동옥은 남자의 옆에 누웠다. 그는 동옥의 숲을 어루만지다가 계곡 속으로 손가락을 집어넣었다. 그러면서 동옥의 한 손을 끌어당겨 자신의 성기을 거머쥐게 했다.

"안 서지?"

"?"

동옥은 깜짝 놀랐다. 남자의 성기가 전혀 일어서지 않고 있었다. 그냥 풀 죽은 그대로 널부러져 있는 게 아닌가.

"난… 원래 안 서."

"왜요?"

"원래 안 서니까. 그냥 잡고만 있어. 그래도 난 기분이 좋으니까."

"…."

동옥은 그대로 가만히 있었다. 혹시나 해서 손바닥을 움직여 보았지만 남자의 성기는 꿈쩍도 하지 않았다.

"그래서 너한테 그냥 서 있으라고 그랬어. 못하니까."

"……네. 전혀 안 서요?"

"응. 그런 셈이지."

"왜요?"

동옥은 그게 궁금했다.

"그건 몰라. 알면 뭐해? 난 젊어서부터 그랬으니까. 왜? 궁금하지?"

"네…."

"이야기해 줄까? 시간을 많이 뺐지 않을 거니까. 시간이 됐다 싶으면 말해. 그냥 보내줄 테니까."

"…."

"난 말이야 그냥 여자를 보는 것으로 만족해. 넌 참 이쁘게 생겼네. 정말 오늘이 처음인가?"

"네 오늘 처음 나왔어요."

"왜? 돈 때문에?"

"네."

"팁을 줄까? 얼마면 되지?"

남자는 농담이 아니라 진심으로 말하는 것이었다.

"알아서 주시면 돼요. 안 해 줘도 돼요?"

"난 못한다니까. 네가 일으켜 세워 줘 봐. 일어서나 안 서나."

"제가 해 봐도 돼요?"

"응."

동옥은 남자의 옆에 구부린 채로 남자의 성기를 거머쥐었다. 입을 갖다 대서 열심히 핥았지만 처음 그대로였다. 맥이 빠진 듯이 옆으로 구부러지기만 할 뿐이었다.

"왜 그래요?"

동옥이 물었다. 처음 보는 이상한 광경이었다.

"젊었을 때에는 섰지. 그러다가 나중에. 그때부터 전혀 안 서기 시작했어. 그 원인은 나도 몰라."

"…?"

"병원에도 가보고. 정신과에도 가봤지. 첨엔 병신들이 나보고 발기부전 뭐 어쩌고 그러더니만 나중에 자기들도 이상하다고 그러는 거야. 세상엔 별의별 일들이 다 있는 거야"

"…."

동옥은 그가 일어나기를 바라면서 열심히 애무를 해 줬지만 그것은 전혀 일어나지를 않았다. 여자가 손으로 만지고 입으로 빠는데도 움직일 줄을 몰랐다.

"그렇게 해도 안 서. 난 알아. 이것 때문에 이혼을 했지. 지금은 혼자 살아. 그래서 가끔 이런 델 찾는 거고."

"…."

"이상하지?"

"…."

"이상할 거 없어. 난 그냥 그런 걸 모르고 사니까. 가끔 이런 델 오고 싶을 뿐이지. 여기 오면 이쁜 아가씨들을 불러서 즐길 수 있으니까."

"…."

동옥은 남자의 성기를 젖혀놓고서 이번엔 불알과 회음부를 핥기 시작했다. 어쩌면 그곳을 자극하면 벌떡 일어설 지도 모르는 일이었다.

"별의별 방법을 다 써 봤어. 그래도 안 서. 만약 네가 세운다면 난 네가 원하는 대로 다 해 주지."

그러면서 남자는 눈을 감았다. 조금이라도 더 느끼기 위해서 정신을 집중하기 위해서였다. 그러나 그것은 전혀 일어서질 않았다.

남자의 성기를 일어서게 하기 위해서 사타구니와 회음부 아래쪽의 항문에까지 혀로 핥았지만 남자의 성기를 쳐다보면 아직 그대로였다.

옆으로 픽, 쓰러져 있을 뿐이었다.

"전혀 안 서요? 기분도 안 나요?"

"기분은 나지. 그러니까 그렇게 하라는 거지."

"..."

동옥은 다시 불알을 핥아대기 시작했다. 역시 마찬가지였다.

"흠. 기분은 좋아. 근데 안 서."

남자는 동옥의 어깨를 쓰다듬으면서 젖가슴께로 내려갔다. 동옥의 둥근 젖가슴을 어루만지다가 다리 사이로 내려 갔다. 구부린 다리 사이에 있는 계곡 속으로 손가락을 집어넣었다.

남자의 손가락은 예민했다. 동옥이 몸을 꿈틀거릴 정도로 그의 손가락은 정확하게 질 속을 건드리고 있었다. 질 전벽에 있는 g스폿트를 문지르면서 그는 동옥의 반응을 살피고 있었다.

"여기 어때?"

"?"

동옥은 여자의 가장 예민한 부분인 질 속에 남자의 손가락이 자극한다는 것만 알아차릴 수 있었다.

"여기 알아?"

"아….."

"아, 아는군. 여기가 어디야?"

"몰라요."

"몰라? 여자의 몸인데 몰라?"

"…네."

동옥은 갑자기 숨이 멎는 듯했다. 그의 손끝이 문지를 때마다 다리 사이로 물이 흐르는 것 같은 느낌이 들었다.

"여기… g스폿트라는 곳인데도 몰라?"

"네….."

"흠. 그래?"

"….. "

동옥은 숨을 죽였다. 갑자기 맥박이 뛰는 듯이 온몸에 전율이 지나갔다.

남자의 손가락이 닿았던 부분이 자신의 성감대 중에서 가장 예민한 곳이라는 것을 처음 알았던 것이다.

"나 말야. 하지는 못해도 여자라면 다 알아. 여자가 어느 부분이 가장 예민하고, 어떻게 하면 그곳이 흥분하게 된다는 걸 다 알지만 그게 안 서서 못할 뿐이지. 그냥 이렇게 애무하는 걸로 만족할 뿐이지. 기분이 어때?'"

"좋아요."

"그냥? 보통? 아니면 되게 좋아?"

남자는 꼬치꼬치 캐묻는 걸 좋아했다.

"되게 좋아요."

"여기를 자극하려면 어떻게 하는지 모르지?"

그러면서 그는 질 속의 g스폿트를 만지작거렸다. 입구 쪽에서부터 불과 1.5센티 정도에 자리잡은 g스폿트는 동전 크기 만하게 부풀어올라 있었다.

"네……."

"서로 마주보고 앉아서 하면 여기에 마찰이 커져서 좋아. 우리나라는 성적인 문제만 나오면 전엔 무조건 경멸시 해왔지만, 요즘은 인터넷 시대라 너도나도 할 것 없이 포르노를 볼 수 있기 때문에 그런 경향은 없어진 거 같아. 너는 그런걸 어떻게 생각하나?"

"전요, 그냥… 개개인의 사생활이라고 생각해요. 내가 몸을 파는 것도 사생활이고요. 아저씨가 내 몸을 사는 것도 사생활이잖아요 머. 길거리에서 만났어도 서로 마음이 맞아서 모텔에 들어가는것이나, 길거리에서 만나 돈을 받기로 하고 모텔에 들어가는 것이나 마찬가지라고 생각해요."

"그렇지. 두 사람의 의사에 의해 일어난 일이니까. 만약에 어느 한 쪽이 피해를 입었다고 주장했을 때는 문제를 삼을 수 있겠지만, 둘이 원해서 하는 것은 어쩔 수가 없겠지."

"네…."

"만약 내가 이혼한 상태가 아니고, 내 여자가 이걸 불륜이라고 한다면 나는 죄를 받아야겠지. 그렇지만 내 여자가 불륜으로 걸지 않는 이상은 아무런 죄가 될 수 없어. 내 말이 맞나?"

"네, 맞아요."

"오늘이 처음이라고 했지?"

"네…"

"앞으로 많은 남자를 만나겠지?"

"네 먹고살기 위해서라면…"

"돈을 벌면 뭐 하려고 그래?"

"그냥…"

"아직 목표가 없다는 말인가?"

"아뇨. 있어요. 목표가 없다면 이런 일을 할 필요가 없겠죠."

"그래 목표가 없이 그냥 몸을 파는 건 바로 죄악이지. 자신에 대한 모멸이라고 할 수 있지. 나를 어떻게 생각해?"

"뭘요?"

동옥은 남자의 얼굴을 쳐다보았다.

"나 어떻게 생각하냐고. 이상하게 생각지 않나 해서 그러는 거야"

"전혀요. 그냥 그래요."

사실 동옥은 처음엔 이상한 남자라는 생각을 했었다. 그러나 어느 정도 대화를 하면서 이상하다는 생각은 전혀 들지 않 았다.

"이런 심정은 아무도 모를 거다. 내가 서지 않을 때부터 이 랬어. 여자를 보면 안아보고 싶은 마음이었으니까. 인간의 본 성인데 참는다고 될 일은 아니지."

"네…."

"만약 내가 설 수만 있다면 아주 멋진 섹스를 할 수 있는 남 자가 될 것 같아. 이제는 다 틀렸지만…."

"그럴 거 같아요."

"왜 그런 생각을 했지? 알고 싶은데?"

"많이 아는 것 같아서요."

"내가?"

남자는 웃었다.

"네."

"그래 난 많은 것을 알아 내 성기가 서지 않는다는 것을 알 고부터 많은 것을 알려고 했지. 성에 대해서. 모든 것을 다 알 았으면 했어. 그래서 많은 것을 알아냈어. 그 누구도 미처 알 지 못할 것까지도 다 안 셈이야."

"…."

동옥은 남자의 뿌리를 다시 한 번 만져보았다. 아까처럼 그 대로 맥없이 쓰러져 있었다. 도저히 일어날 기미가 보이지 않 았다.

"난 완전 불능이야. 의사가 그랬어. 이젠 포기한 거지."

"….."

그러나 동옥은 남자의 뿌리를 놓지 않았다. 그렇게라도 해 줘야 할 것 같았다. 자신에 대한 남자의 정겨움에 대한 의무 감이랄 수 있었다.

"난 수많은 남자들에게 내가 알고 있는 성에 대한 지식을 알려주고 싶었어."

"네? 왜요?"

"그냥… 많은 사람들이 모르고 있는 부분들이 너무 많아. 난 그런 걸 알려주고 싶은 거지."

"의사세요?"

동옥은 문득 그런 생각을 했다.

"그건 말할 수 없어. 그 대신에…"

그는 동옥의 몸에서 손가락을 빼내 담배를 찾아 물었다. 동옥이 일어나 라이터를 찾아 그의 담배에 불을 붙여 주었다. 그리곤 그의 옆에 나란히 누웠다.

"담배 피워. 괜찮아."

"……네."

동옥은 일어나 담배를 꺼내 물었다.

이번엔 그가 담배에 나란히 불을 붙여 주었다.

두사람은 누운 채로 담배를 피우기 시작했다.

"이런 일하면 힘들지?"

"아직은 모르겠어요."

"힘들 거야 돈 때문에 하는 일인데 힘 안 들겠어. 좋아서 하는 일은 아니니까."

"…."

"좀 늦게 나간다고 생각해. 내가 팁 얹어주면 되나?"

"네……."

"난 동옥이하고 이야기하는 거 좋아. 볼 거, 만질 거는 다 했으니까 그냥 누워서 이야기나 하다가 가면 돼."

"네."

"난 남자들에게 내가 알고 있는 것들을 다 알도록 해주고 싶어. 근데 그게 쉽지 않거든, 내가 알고 있는 이런 이야기들을 책으로 써서 알리려고 해도 글을 쓸 능력도 안 되고. 만약 그런 걸 알게 된다면 남자들은 아주 행복한 섹스를 할 수 있을 거야."

"네…"

"난 동서양의 성에 대한 책을 다 읽어 봤어. 그만큼 많은 정보를 갖고 있다고 봐야 돼. 그걸 책으로 쓸 수만 있다면 멋진 베스트 셀러가 될 수 있을 텐데 말이야."

"…."

동옥은 담배불을 비벼 끄고는 남자의 가슴께에 얼굴을 갖다 댔다. 그리곤 손바닥으로 가슴을 쓸어주었다.

"조루는 극복할 수 있어. 남자들은 거의 조루증 환자라고 할 수 있거든."

"네."

"그런 건 아직 모르겠지? 남자들이 대개 얼마나 하는지 알아?"

"전 잘 몰라요. 하지만…."

"몇 분일 거 같나? 그냥 말해봐. 아는 대로…"

"5분? 아니면 10분? 잘은 몰라요."

"하하. 그래 맞아 젊은 놈이라면 대개 5분일 거고, 좀 한다고 하는 놈들은 10분 정도가 될 거다 아마. 더 긴 놈 이야 15분 정도도 할 거고. 난 만약 서기만 한다면 이젠 30분도, 40분도 할 수 있을 거 같아."

"…"

"왜냐하면, 난 그동안 많은 연습을 했어. 이걸 일으켜 세우기 위해서 피나는 노력을 했지. 근데 그게 되지는 않았지만, 내가 얻은 게 있어. 그걸 알면 남자는 아마 40분도 넘게 할 수 있을 거다."

"어떻게 해요?"

"오늘은 다 이야기할 수 없을 거고. 담에 만나면 내가 아는 대로 다 말해 주지. 그걸 책으로 쓴다면 넌 아마 베스트셀러 책을 만들 수 있을 거다. 어때? 앞으로 나랑 만날 수 있겠냐? 물론 시간을 쳐서 돈을 주지. 이렇게 만나는 것만으로 좋으니까 돈을 주지. 그러면 되겠냐?"

"네."

"혹시 누가 돈을 떼어 가지는 건 아닌가?"

"그런 거 없어요."

"뒤에 혹시 포주나 그런 거 없나?"

"없어요."

"그래. 알았어. 앞으로 내가 말하는 거 다 기억해 두거나, 적어 놔서 나중에 책으로 펴내면 무지무지한 돈이 될 지도 몰라. 난 돈하고는 상관이 없는 사람이니까."

"네…"

"시간이 다 됐나?"

"…네. 조금…."

"그럼 옷 입어. 난 됐어."

"5분만 더 있다 일어날게요."

"그래 그러자"

동옥은 이상한 이 남자에게 왠지 모르게 정이 갔다. 관계를 하지도 않고 순순히 팁까지 주겠다는 남자에게 어떤 마음의 봉사라도 해 줘야만 할 것 같았다.

동옥은 일어나서 무릎을 꿇은 채로 남자를 애무하기 시작했다. 목에서부터 가슴으로, 가슴에서 다시 밑으로 내려가면서 혀끝으로 핥았다.

남자의 축 처진 성기를 잡고서 입 속에다 집어넣기도 했다. 그런 애무를 해 봤지만 아무런 소용이 없었다.

그러나 그는 기분이 좋은 듯했다.

동옥의 머리채를 쓰다듬으면서 그는 만족한 표정을 짓고 있었다.

동옥은 남자의 곳곳을 낱낱이 애무해 주고는 일어났다.

옷을 입고는 핸드백을 집어들었다.

"저, 갈게요."

"응. 가만있어 봐."

남자는 일어나서 양복에서 지갑을 꺼냈다. 지갑 속에서 10만원 수표 한 장을 꺼내 동옥의 손에 쥐어주었다.

"이건 그냥 팁이라고 생각해. 그럼 됐지?"

"너무 많아요…"

"됐어. 동옥이라고 그랬지? 여기 와서 동옥이를 부를 테니까 다음에는 더 편하게 이야기하지."

"내 감사합니다."

동옥은 남자에게 고개를 숙여 보이고는 문밖으로 나왔다.

카운터에서 5만원을 받아 바깥으로 나왔다.

찻길 가에는 종혁이 창문을 내려놓고서 담배를 피우고 있었다.

"왜 늦어?"

종혁이 담배꽁초를 길바닥으로 핵 내던지며 핸들을 잡았다.

"응. 늦었어."

동옥이 뒷문을 열자, 미라가 먼저 와 있었다.

"왜? 늦었네?"

"응. 손님이 마음좋게 나와서 좀 시간이 걸렸어."

"뭘 또 요구해?"

미라가 쿡쿡거리며 물었다.

"아니. 그냥…."

동옥은 오늘 이상한 남자를 만났다는 말을 할까 말까 망설이고 있는 중이었다.

"난 그 남자 새끼가 별의별 요구를 다 해와서 혼났어."

"어떤 요구?"

동옥이 물었다.

"으응. 있잖아. 욕실에서 샤워를 같이 하자고 그러기도 하고, 샤워하다가 말고 그거 하자는 거야."

미라는 또 웃기 시작했다.

"그게 뭐 어때서?"

"오늘 처음 만났는데 그게 말이 되니? 벽에 기대서서 했다는 거 알아?"

미라는 또 웃음을 참지 못했다.

"그리고? 또 있어?"

"응. 하하. 정말 웃기데."

"뭔데?"

동옥도 슬며시 웃음이 새어나오고 있었다.

"응. 하여튼 욕실에서 별 지랄을 다 했어. 욕조에 걸터 앉으라고 해서는 앉아서 하질 않나. 벽에 기대라고 하고서 벽치기를 하질 않나. 욕조 안에 물을 받아 놓고서 그 안에 서 하자고 하질 않나. 나 참, 오늘 별의별 일을 다 해 봤다 머."

"욕실에서만 했어? 오래 했어?"

"아니. 오래 할 것도 못 돼 지 혼자 껄떡거리다가 픽, 싸더라 머."

미라는 또 깔깔 웃었다.

남자가 했던 모습이 자꾸만 생각났던 모양이었다.

"그래 돈벌기가 그리 쉬운줄아냐 다그렇게 해서 돈 버는 거야. 나중에 돈 벌면 니들도 남자들을 다 이해할 거다. 하하."

종혁이 운전을 하면서 한 마디 했다.

"그래도 오빠, 난 그렇게 하는 거 싫더라."

"왜?"

"그냥 난 침대에서 똑바로 누워서 하거나, 나보고 위로 올라가라고 하면 내가 위에서 하겠는데, 그런 데서 하자고 하면 기분이 좀 이상해."

"하하. 뭐가 이상하냐? 일단 남자는 어떻게 하든 사정만 하면 되는 거지."

"뭐, 별로 하지도 못하는 게 그래 폼만 잡다가 사정을 해 버리는 놈이었어."

미라는 재밌다는 듯이 동옥에게 말을 했다.

"나도 오늘 좀 이상했어."

"왜?"

미라가 놀란 듯이 물었다.

"모르겠어. 남자가 안 서는 거 있지?"

"안 서?"

미라가 놀라는 사이, 종혁이 힐끗 뒤쪽을 돌아보았다.

"응."

"왜? 끝까지 안 서는 거야?"

"응 내가 애무를 해 줬는데도 안 서는 거 있지?"

"왜 그러지? 원래 그런 건가?"

미라는 궁금해지기 시작했다.

"응 자기 말로 그랬어. 그래서 애무만 해 줘도 된다고. 난 처음에 거짓말인 줄 알았어. 오빠. 그런 것도 있어?"

"으응? 그런 놈도 있나? 나이는 얼마나 됐는데?"

"한 삼십 대 중반 정도? 돈은 좀 있는 것 같던데?"

"자기 말로 그래? 안 선다고?"

종혁은 다시 물어보았다.

"응 그랬어. 나도 일으켜 세워 보려고 애무를 많이 해줬어. 위에서부터 밑에까지 혀가 아프도록 해 줬는데도 끝까지 안 섰어. 왜 그래?"

"모르지. 그런 것도 있나?"

종혁은 앞쪽을 보며 혼자 중얼거렸다.

"근데 아는 것은 많은 것 같더라."

"뭘?"

이번엔 미라가 물었다.

"섹스에 대해선 도사더라 머. 나보고 질 속에 있는 g스폿트를 아느냐고 묻던데?"

"g스폿트가 뭐야?" 미라가 물었다.

"여자 질 속에, 질 안쪽에 보면 입구에서 천장으로 조금 들어가 보면 그곳에 있데. 나도 처음 알았어."

"그게 뭔데?"

미라는 더욱 궁금해졌다.

"g스폿트라는 거… 질 안쪽의 위쪽 벽에 있데. 입구에서 조금 들어가면 손끝에 만져진대. 그걸 건드리는데 내가 미치겠드라. 그게 바로 g스폿트라는 거래."

"정말이야? 그런 게 있어?"

미라는 아직 g스폿트가 무엇이라는 것을 까마득히 모르고 있는 듯했다.

"응 나도 몰랐어. 그 남자가 내 질 속에 손을 넣어서 문질러 주니까 알았어. 느낌이 오더라고. 그게 g스폿트라고 그랬어."

"어머! 그래?"

"응 여자들은 다 있대. 그곳이 흥분되면 동전 크기만큼 점점 커진다고 그랬어. 그곳을 만지는데 내가 기분이 이상 한 거 있지?"

"그게 뭐지? 그럼 나도 있는 거야?"

"응 다 있다는 거야 오빠도 알아?"

동옥은 종혁에게 물어보았다.

"내가 그걸 어떻게 아냐? 여자 몸 속에 있는 걸."

"오빠도 몰라?"

"모르지. 그 놈이 사기 친 거 아냐?"

"아냐 미라 너도 해 볼래? 내가 찾아 줄까?"

"지금?"

미라는 웃으면서 종혁을 쳐다보았다. 종혁은 룸미러를 통해 동옥과 미라를 보면서 웃고 있었다.

"응. 가만있어봐."

동옥은 미라의 스커트의 지퍼를 내리고는 팬티 속으로 손을 집어넣었다.

"예가 왜 이래."

"그냥 있어봐. 내가 찾아 볼께. 나도 기분이 이상했어. 잠깐만."

동옥은 미라의 팬티 속에서 손가락 하나를 질 속으로 집어넣었다. 그리곤 입구에서 조금 들어간 곳에서 질 벽의 위쪽을 더듬기 시작했다.

입구의 질 천장에서 조금 들어간 곳에 약간 볼록하게 솟아오른 작은 부분을 찾아낼 수 있었다.

"응. 여기야. 여기 기분이 어때?"

"….."

동옥은 그 부분을 손가락으로 문질러 보았다. 약간 도톰 하게 솟아오른 곳이 검지 살에 만져졌다.

"어때?"

"….."

미라는 동옥의 손가락이 문지르는 부분에서 강렬한 느낌이 있다는 것을 느낄 수 있었다.

"아직도 느낌이 안 와? 여기."

"아. 약간…."

미라는 자기도 모르게 짜릿한 흥분이 새어나오는 것을 느낄 수 있었다.

"여기 맞아. 바로 여기야. 어때?"

"으응. 기분이 좀 그래…."

"여기를 g스폿트라고 그랬어. 여길 문질러주면 여자는 빨리 흥분이 된대."

"아, 그렇구나…."

미라는 얼굴빛이 약간 변해 있었다. 동옥이 만진 그곳이 강렬한 느낌을 주는 곳이라는 것을 알아차릴 수 있었다.

"나도 오늘 처음 알았어. 오빠도 알아두면 좋을 거야."

그제야 동옥은 미라의 팬티 속에서 손을 빼냈다.

"하하 그래. 남자야 어차피 집어넣어서 움직이니까 질 속에 있는 거라면 마찰이 되겠지 머."

"그게 아니래 . 그 남자 말로는 그곳을 자극하는 방법이 따로 있대. 다음 번에는 그런 걸 자세하게 가르쳐주겠다고 그랬는 걸."

"그래? 다음에 또 부르겠대?"

미라가 물었다.

"응. 다음에도 그냥 애무만 해줘도 된다고 그랬어. 자기는 그걸로 만족한다고 그랬어."

"그래서 너 오늘 늦었구나."

"응 나란히 누워서 그런 얘길 했어."

"하지는 않고?"

"응."

"남자가 왜 그러지? 사고가 났나? 그런 말은 안 해?"

"응. 그런 말은 안 했어. 그건 묻지 말라고 그랬어."

"왜 그러지?"

미라는 계속 의문이었다.

"결혼은 했대?"

이번엔 종혁이 물었다.

"응. 전에 결혼을 했다고 그랬어. 나중에 이혼하고 나서 부터는 전혀 안 섰대. 그래서 모텔에서 여자를 불러서 애무만 하는 것도 기분이 좋다는 거야."

"하하. 웃기는 인간이네."

미라는 깔깔 웃어젖혔다.

"근데 많이 알아. 자기는 그것 때문에 외국 서적도 많이 보고 해서 연구를 많이 했다는 거야."

"훗 연구 많이 하면 뭐하냐? 일어서지도 못하는데."

미라는 재밌다는 말했다.

"모르지 머. 그런 남자는 그렇게 사는 거겠지. 자기는 다른 남자들이 자기 만큼 알면 도사가 될 거라고 그랬어. 그래서 다음에 만나면 나한테 그런 걸 다 가르쳐 준다는 거야."

"너한테? 그런 걸 알려 주면 뭐하게?"

"몰라. 그 남자 좀 이상했어. 근데 정신이 이상한 것 같진 않았어. 말짱해."

"어떻게 생겼는데?"

미라는 또 궁금했다.

"그냥 그래 보통 남자하고 같지 머 근데 돈은 좀 있는 거 같았어."

"왜? 팁을 줬어?"

"응."

"얼마나?"

"조금 줬어."

동옥은 십 만 원 짜리 수표를 받았다는 말은 하고 싶지 않았다.

"이상한 남자도 다 있네. 내일 또 부르겠다는 거야?"

"그건 몰라. 내 이름을 갈쳐 줬어. 나를 부르겠다고 해서."

"호오, 그럼 잘 됐네. 그거 하지도 않고 돈을 버니까. 팁도 줬다면서."

"처음에 욕실에서 샤워를 하고 나왔더니 나보고 그냥 서 있으라고 그러는 거야. 그래서 난 그냥 구경하려는 건 줄 알고 서 있었지. 그러더니 이번엔 나보고 뒤로 돌아서 라는 거야."

"그래서?"

"뒤로 돌아섰더니 앞으로 손을 내리면서 완전히 구부리 라는 거야."

"응? 왜?"

"몰라. 내가 허리를 앞으로 완전히 구부리면 뒤쪽이 다 보이잖아."

"아, 그래서 구부리라는 거야?"

"그런 거 같아. 난 부끄러워서 혼났지만."

"뭐가 부끄러워? 그거 안 한다는데."

"그래도. 여자 뒤쪽을 보여 주는 건 좀 그렇잖아."

"뭐 어때? 방안에서 단 둘이 있는데 뭐가 어때서."

"그리고 나서 앞으로 오라고 해서 손가락 하나를 집어 넣는 거야 그 손가락으로 그곳을 만지는 거야. 이게 뭔지 아느냐면서."

"g스폿트라는데?"

"응 난 처음엔 아무것도 몰랐어. 그 남자가 손가락으로 자꾸 문지르니까 기분이 이상한 거 있지?"

"아, 아까처럼 그런 기분?"

"응. 난 막 흥분이 되던데? 너는 안 그랬어?"

"그런 것까지는 모르겠어. 약간 기분이 이상한 것 같긴 했어."

"난 많이 그랬어. 보통 남자들은 그런 걸 모른다고 그랬어. 그리고 그곳을 자극시켜 주는 방법이 있대. 다음에 부르면 그런걸 다 가르쳐 준다고 그랬거든."

"웃기는 사람이네? 좀 이상한 거 같지 않아?"

"이상하긴. 난 하나도 안 이상했어. 그냥 보통 평범한 남자야."

"그래? 그 방에 내가 들어갔으면 좋았을 텐데. 훗, 어떤 병신인지 나도 한 번 봤으면 좋았겠네 머."

미라가 킬킬 웃으면서 종혁을 쳐다보았다.

"너, 앞으로 그런 거 하다 보면 많이 볼 거다. 별의 별 잡놈들이 다 있을 거니까. 아마 내가 생각하기엔 성불능인 남자 같네 머. 동옥아. 맞지?"

"응. 오빠 처음부터 전혀 안 섰어."

"그럼, 맞아 처음엔 약하게 섰다가 슬그머니 죽어 버리는 놈이 있고, 처음부터 아예 안 서는 놈이 있어. 그러니까 처음부터 아예 안 서는 놈이라고 생각하면 돼."

"왜 그런 거야?"

동옥이 물었다.

"그건 나도 모르지. 다음에 그 놈한데 한번 물어 봐라."

그 말을 하면서 종혁이 웃어젖혔다.

"이구, 묻지 말라고 그랬는데…."

"하여튼 그런 놈이 있다는 거만 알어."

종혁이 말을 끝내는데 핸드폰이 울렸다.

"네. 칠공공 매니저입니다."

종혁은 이어폰으로 말을 주고받았다.

"네. 알겠습니다. 세 명요? 네네, 곧 가겠습니다."

종혁은 이어 마이크를 끄고선, "

"야 큰일났다."

"왜?"

동옥과 미라가 종혁의 뒷머리를 쳐다보았다.

"너희들 중에 혹시 안마할 줄 아는 사람 있냐? 대충만 할
줄 알아도 돼."

"안마? 그건 왜?"

"안마시술소에서 사람 보내달라고 그래 세 명이냐"

"거기서도 보내달라고 그래? 안마시술소는 안마하는데 아
냐?"

"바보야 그런 데서 안마만 하냐 그것도 하는 데지. 안마할
줄 아는 애 없냐? 대충 안마하는 시늉만 해 주면 돼. 누구 없
냐?"

"몰라. 그럼 어떡하지?"

동옥과 미라는 서로 얼굴을 쳐다보았다.

종혁은 핸드폰을 때리기 시작했다.

"야 1조. 혹시 너들 중에 안마시술소에 갈만한 애 있냐? 응 그쪽에서 연락이 왔어. 대충 마사지해 주는 척만 하면 돼. 그래. 응. 없어? 알았어."

종혁은 다시 2조한테로 전화를 걸었다.

2조 역시 안마시술소에 갈만한 여자애가 없었다. 안마시술소에 가려면 그래도 안마를 조금은 할 줄 알아야 했다. 그런데 그럴만한 여자애들은 없었다.

6조까지 다 물어 봤지 만 안마시술소에 갈만한 여자애는 없었다.

"이거 큰일났네. 누구를 보내지…."

종혁은 난감했다. 안마시술소라고는 하지만 대충 주물러주기만 하면 되는 것인데도 여자애들은 괜히 손님한테서 퇴짜를 맞을까봐 지레 겁을 집어먹는 듯했다.

"안 되겠어."

종혁은 윤희에게 전화를 걸었다.

"응. 나야 윤희, 너하고 희주하고 운향이가 밖으로 나와라 곧 그쪽으로 갈게. 남자들 마사지하는 거는 그냥 하는 척만 하면 돼. 얼른 나와 있어. 시간이 없어. 알았지?"

종혁은 할 수 없었다. 그렇게라도 해서 여자애들을 보내는 수 밖에 없었다. 윤희와 희주라면 어느정도 시늉이라도 내서 남자를 요리할 수 있을 것만 같았다. 운향은 어쩔 수 없이 차를 타고 가는 동안에 잠깐 마사지를 해 주는 요령만 가르쳐 줘서 밀어 부치는 수밖에 없었다.

"그런데 서도 연락이 와?"

"그래. 오늘 여자애들이 빠져서 여자들이 모자란다는 거야 그런 건 힘들 거 하나도 없어. 남자들은 거시기를 하려고 온 놈들이지 마사지를 받으러 온 건 아니니까. 그럴 때는 대충 주물러주고는 남자가 서기만 하면 거시기만 하면 되는 건데 뭐가 힘드냐."

"그래도… 남자가 서툴다고 하고선 돈을 안 주면 어떡해?"

"그건 그쪽에서 알아서 할 일이야. 우리한테 여자들을 보내달라고 할 때는 그거라도 해 주면 된다는 식이니까 불렀겠지."

종혁은 차를 세게 몰기 시작했다.

집 앞에 도착했을 때는 윤회와 회주. 운향이 미리 나와 있었다.

동옥과 미라가 내리고 세 명의 여자애들이 올라탔다.

"수고해."

"응. 집에 가서 쉬어."

그녀들끼리는 서로 화목했다.

차는 곧 안마시술소로 달렸다.

"운향아."

"응."

"넌 그냥 남자가 벌거벗고 있으면 엎드리라고 그래놓고선 대충 등쪽과 종아리까지 꾹꾹 눌러주면서 마사지를 하는 척만 하면 돼. 너무 겁내지 말고. 전문적으로 안마를 해 주는 것이 아니라, 대충 해줘도 남자가 서기만 하면 되는 거니까 그냥 대충대충 만져 주기만 하면 돼. 그리고 나서 네가 다 됐다고 하고선 그거 하실래요? 하고 물어보면 되는 거야. 그러면 남자가 마사지가 다 끝난 줄 알고서 거시기를 하려고 할 거야. 그러면 돼. 어려울 건 하나도 없어. 말만 마사지라고 그러지 실제로 하는 건 애무라고 생각하면 되는 거야."

"그래도… 니들은 그거 할 줄 알아?"

운향은 윤희와 회주를 돌아보았다.

"후후. 우리가 그걸 해 봤겠냐? 우리도 그냥 애무하는 걸로 하면 될 거라고 생각하고 가는 거지 머."

윤희와 회주 역시 마사지 일은 처음 해보는 것이었다.

"그래. 그냥 남자를 주물러준다고 생각하면 돼. 그것도 애무라고 생각하면 되고. 어려울 건 하나도 없어. 차라리 입으로 애무하는 것보다는 나을 거다. 손으로 한다는 것만 틀리지 머. 이제 알겠지?"

"으응…."

운향의 입에서 못마땅한 듯한 대답이 나왔다. 자신이 없었지만 종혁의 말을 듣고서 해 보겠다는 마음일 뿐이었다.

"남자는 엎드리게 하고선 등이나 종아리를 꾹꾹 주물러 주기만 해도 서는 거니까, 차라리 입으로 애무해달라는 것 보다는 낫지. 그렇게 생각하면 돼."

차는 어느새 안마시술소 앞에 다다랐다.

"자. 내려. 난 여기서 기다리고 있을게."

차에서 내린 그녀들은 종혁에 갔다가 오겠다는 듯이 웃어 보이고는 안으로 들어갔다.

입구의 카운터로 다가가자,

"어서 와요. 탈의실에서 가운을 입고 나와요."

주인인 듯한 남자가 탈의실의 위치를 가르쳐주었다.

그녀들은 탈의실로 가서 가운으로 갈아입고는 다시 카운터로 내려왔다.

"할 줄은 알죠? 오늘 아가씨들이 안 나와서 급하게 불렀는데."

"네."

그녀들은 무조건 할 수 있다고 대답을 했다.

"그럼 205호실, 210호실, 217호실로 나눠 들어가요. 손님이 아까부터 기다리니까 좀 늦었다고 하면서 미안하다고 그래요."

"네."

그리고선 그녀들은 이층으로 올라갔다. 일층은 사우나 시설이었기 때문에 이층은 안마마사지를 받기 위한 방들로 꾸

며져 있었다.

운향이 205호실로 들어갔고, 윤희는 210호실로 들어갔다. 희주는 217호실로 들어갔다.

운향은 문을 노크하고는 안으로 들어갔다.

남자는 벌써 가운을 입은 채로 베개에 얼굴을 대고선 엎드려 있었다.

"안마해 드릴게요."

운향은 남자의 옆으로 가서 무릎을 꿇었다. 처음 해보는 것이지만 종혁이 말한 대로 대충 마사지를 해 준다는 생각으로 등쪽을 지압하기 시작했다. 아직 서투르지만 종혁에게서 들은 풍월을 귀동냥 삼아 남자를 애무하는거 라는 말만 믿고서 대충 꾹꾹 누르고 있었다.

"어, 시원하다."

남자의 입에서 그런 소리가 나왔다.

"괜찮아요?"

"응 여기 좀 주물러 줘. 여기."

남자는 등허리 아래쪽을 가리켰다.

운향은 다소 마음이 놓였다. 남자가 하라는 대로 엄지손가락으로 꾹꾹 눌러주었다. 다소 힘은 들었지만 입으로 애무해 달라는 요구보다는 낫다는 생각이 들었다.

등쪽과 허리, 그리고 허벅지 순으로 내려가면서 마사지를 해 주고 난 다음에 종아리까지 안마를 해 주고 나서,

"반듯이 누우세요."

라고 말했다. 남자가 반듯이 눕느라 가운 앞쪽의 터진 부분으로 남자의 성기가 불끈 서 있는 게 보였다.

앞쪽 허벅지를 조금 마사지해 주고는 남자의 성기를 애무하기 시작했다. 그리고는 다시 한 번 물었다.

"제가 위로 올라갈게요."

"응, 그래."

운향은 순조롭게, 일이 돼 가는 듯했다. 남자의 위로 올라간 그녀는 천천히 엉덩이를 내려 성기를 삽입시켰다.

이미 마사지를 하면서 달아오른 남자는 운향의 치골 압박과, 앞뒤로 움직이는 자극에 쾌감을 느꼈던지 곧 사정을 해왔다.

불과 5분도 안 된 그런 시간이었다.

운향은 기분이 좋았다.

너무 쉽게 끝나버린 것이어서 미안할 정도였다.

뒤처리를 해 주고는 다시 가운을 입었다.

"좀 쉬시다가 내려오세요."

"응. 수고했어."

남자는 성욕을 말끔히 해소했는지 더 이상 추근거리지 않았다. 카운터로 내려온 운향은 탈의실로 가서 옷을 갈아 입었다.

한편, 종혁은 차안에서 핸드폰을 받고 있었다.

"네네, 알겠습니다. 곧 그쪽으로 가겠습니다.

모텔에서 아가씨를 보내달라는 전화였다.

전화를 끊자마자 또 다른 곳에서 전화가 걸려왔다.

"네. 칠공공 매니저입니다."

그곳 역시 아가씨를 보내달라는 요구 전화였다.

"네, 알겠습니다. 곧 가겠습니다."

그렇게 세 군데서나 전화가 걸려왔다. 각각 다른 모텔에서 전화가 걸려온 것이다. 종혁은 시계를 흘낏 보고선 안마시술소로 눈길을 주었다. 카운터에서 내주는 돈을 받은 운향은 종혁이 있는 차로 뛰어갔다.

"잘 끝났어?"

"응 아주 쉬웠어. 힛. 그냥 끝나 버렸어."

운향은 쿡쿡 웃으면서 조수석으로 올라탔다.

"힘 안 들었어? 어떻게 했어?"

"난 이런 데엔 처음이야. 카운터에서 가운을 입고 들어 가라고 그랬어. 그래서 탈의실에서 가운을 갈아입고서 방으로 들어갔지 머."

"그래."

종혁도 안마시술소에 가본 일이 있기 때문에 대충은 알고 있었다.

사우나를 하고 나서 방으로 올라가 있으면 젊은 아가씨가 와서 대충 안마를 해 주고는 남자의 요구에 따라 섹스를 하기도 하는 곳이기도 했다. 그러나 전문적으로 안마를 해 주는 안마사일 경우에는 안마만 해 주고는 따로 다른 아가씨가 들어와서 섹스를 해 주곤 나가 버리는 경우도 있었다.

"오빠가 시키는 대로 했어. 엎드리라고 하고선 등과 허리, 허벅지까지 안마를 해 줬어."

"응. 잘했어."

"그리고 나서 누우라고 하고선 허벅지를 잠깐 안마해 줬거든 그리고 내가 위로 올라가도 되느냐고 물었지 머. 히힛."

"그렇게 했어?"

"응.. 어때?"

운향은 자신이 했던 것에 대해서 실수가 없었다는 것을 말하고 싶었다.

"잘했어. 그러면 됐어."

"근데 남자가 빨리 사정하드라? 5분도 채 안 됐어. 힛."

운향은 재밌다는 듯이 말을 꺼냈다.

"그럴 거야. 그런 데서는 미리 아가씨의 마사지를 받고서 관계를 하기 때문에 남자들은 대개 빨라지는 거지."

"그래서 그래?"

"그럼? 네가 기술이 좋아서 남자가 빨리 사정했다고 생각했어? 하하하."

종혁이 웃었다.

"난 그렇게 생각했는데 그게 아냐?"

운향도 웃음을 터뜨렸다.

"하하. 안 그래. 그런 곳에서는 남자가 미리 사우나를 한 상태이고, 여자가 와서 주물러 준 뒤였기 때문에 그냥 사정해 버리는 경우가 많아. 모텔 같은 데서는 남자가 기를 쓰고 오래 하려고 애를 쓰지만, 이런 곳에서는 모텔하고는 좀 달라. 기분 좋게 사우나를 하고 나서 기분 좋게 사정하는 것이 낫다고 생각하거든. 그리 오래 끌 필요가 없지. 남자는 기분만 좋으면 되니까."

"아, 그렇구나."

그때서야 윤희와 희주가 밖으로 나왔다.

"온다. 다 끝났어. 뒷문 좀 열어 줘라."

종혁이 그렇게 말하자, 운향은 손을 뒤로 뻗어 뒷문을 열어 주었다. 윤희와 희부가 뒷좌석으로 올라탔다.

"잘 끝냈나?"

종혁이 시동을 걸며 물었다.

"응. 둘이 나오다가 만났어. 운향인 일찍 왔네?"

종혁은 차를 운전하고 있었다.

"응 그냥 간단하게 끝났어. 니는 어랬어?"

"후후. 우리도 간단하게 끝났어. 마사지라는 것도 어려운 건 아니데 머."

"그렇지? 그냥 주물러 주는 정도지? 그치?"

"응 차라리 모텔에서 하는 것보다 더 깨끗한 거 같아. 남자가 방금 샤워를 하고 나와서인지 몸도 깨끗하고. 미리 누워서 기다리고 있으니까 일하기도 훨씬 편하고. 잠깐 주물러 주었다가 곧바로 할 수 있으니깐 시간도 적게 들고."

"맞아. 남자가 입으로 애무해 달라고 조르지도 않고."

희주가 뒤에서 맞장구를 쳤다.

"호호. 그래 그런 건 좋드라."

"또 연락이 왔어. 이번엔 세 군데야."

종혁은 또 시계를 보았다. 그리곤 핸드폰을 꺼내 집으로 전화를 걸었다.

"응 나야 현지하고, 미영이, 영주 세 명이 밖에 나와 있어라 지금 집으로 가고 있으니까. 알았지?"

"응. 알았어."

전화를 받은 현지의 대답이었다.

"또 있어? 세 군데나?"

"그래. 점점 바빠지네 그러니까 앞으로 일이 끝나면 곧 바로 빨리 나와. 내가 점점 더 바빠져서 죽겠다."

"으응, 알았어."

차는 골목으로 들어갔다가 멈췄다. 집 앞에는 세 명이 나와서 기다리고 있었다.

그녀들이 차에서 내리고 나서 곧바로 세 명이 올라탔다.

"잘 해."

"응. 푹 쉬어라."

그녀들이 인사를 주고받는 시간도 아까울 지경이었다. 종혁은 그녀들이 타자마자 곧바로 차를 몰기 시작했다.

"일이 끝나면 빨리 나와 나 혼자 뛰니까 정신 없어."

"알았어. 오빠."

종혁은 지나가면서 모텔 근처에서 한 명씩 떨구고는 마지막 모텔에서 내려주고는 담배 한 개피를 빼 물었다.

이젠 정말 혼자 뛰기가 어려울 정도로 바쁘게 돌아가고 있었다.

담배 한 개피를 다 피운 그는 다시 처음의 모텔로 가서 차를 멈췄다.

먼저 떨어뜨린 모텔에서 기다리고 있어야 했다.

제일 먼저 차에서 내려 모텔로 들어간 현지는 카운터에서 가르쳐준 방으로 들어갔다.

대개 남자들은 미리 샤워를 마치고서 아가씨가 오기를 기다리고 있곤 했다."

"안녕하세요."

현지는 종혁이 미리 교육을 시킨 대로 상냥하게 인사부터 했다.

"그래. 얼굴이 이쁜데. 하하. 씻고 오자"

"네."

현지는 얼른 돌아서서 옷을 벗기 시작했다. 방안엔 두 사람밖에 없었기 때문에 남자가 보는 앞에서 돌아서서 옷을 벗는다는 건 그리 창피한 일은 아니었다.

샤워를 하고 나온 그녀는 우선 남자를 흡족하게 하기 위해서 애무부터 하기 시작했다.

"나이는 얼마지?"

"스물 둘요."

"음, 어리구나 근데 나이가 더 들어 보이는데… 내가 잘못 봤나."

"…."

현지는 나이를 더 들게 봤다는 말이 기분 나쁘게 들리지 않았다. 이런 곳에서는 자신과는 별로 상관이 없는 말이라고 생각했다.

그녀는 열심히 애무를 해 주고선 남자가 위에서 할 수 있도록 옆에 누웠다.

남자는 스물 두 살의 현지의 알몸을 빨리 놓치기 싫었던지 이번엔 남자 쪽에서 애무를 해 왔다.

현지는 가능하면 남자가 애무하는 건 달갑지가 않았다. 나중에 다시 샤워를 하려면 남자의 타액이 묻은 몸 전체를 다 씻어내야 하는 번거로움이 있었기 때문이었다.

그러나 남자가 스스로 애무를 하고자 했을 때는 말릴 수가 없었다.

남자들은 그랬다.

돈을 준 것만큼 오랜 시간을 끌면서 자신의 욕망을 최대한 채우는 것이 바램인 듯했다. 막상 관계를 시작했을 때는 걷잡을 수 없이 쾌감으로 치달아서 사정을 하고 마는 경우까지 가더라도 전희에 있어선 최대한 시간을 끌려고 하는 것이 남자들의 심리였다.

남자는 알맞게 도톰한 현지의 젖가슴을 한참이나 애무하고 있었다.

이미 몸을 내맡긴 현지로서는 남자가 스스로 흥분을 이기지 못해서 공격적으로 나오기만을 바랄 뿐이었다.

그렇게 되게 하기 위해서는 현지도 남자에게 애무를 가하지 않으면 안 되었다. 자신을 애무하고 있는 남자의 성기를 잡고서 애무를 하거나, 남자의 예민한 부분인 귓바퀴를 입 속에 넣고서 핥아주는 수밖에 없었다.

대개 남자들은 귓바퀴를 핥아주거나, 귓속에 혀를 밀어 넣어서 살금살금 문질러주는 것이 무엇보다 쾌감을 불러 일으킨다는 것을 현지는 들어서 알고 있었다.

같은 방에 있는 여자들끼리 그런 이야기만 주로 주고 받았기 때문에 어느 정도는 남자를 애태우게 하는 방법까지도 알고 있었다.

섹스란 무엇인가. 서로 상대방을 만족케 하는 것이 아니겠는가.

어느 한 쪽이 만족한다면 다른 한 쪽은 반대급부로 만족감을 느낄 수 있으리라. 비록 돈을 주고받는 관계일지라도 현지로서는 남자가 만족스런 표정을 지었을 때라야 홀가분해질 수가 있었다.

그런 일은 한 번의 만남에서 육체의 관계가 끝남으로 해서 끝나 버리는 것이 아니라, 다음에도 또 남자가 여자를 부를 때에 사신을 불러줄 거라는 기대감이 있었기 때문에 한 번 보고말 상대라고는 생각지 않았다.

부적절한 관계일지라도 최선을 다하게 되면 남자는 기분이 좋은 나머지 다음에 다시 또 부를 수 있는 여지가 남아 있었다.

그래서 여자는 남자가 일을 끝낸 다음에도 후희를 해주면서 끈끈한 관계를 맺어 두는 것이 나름대로의 처세술 이랄 수도 있었다.

"기분 좋았어요?"

현지는 남자에게 물었다.

"그래. 너무 좋았어. 다른 남자들에게도 그렇게 하나?"

남자는 기분이 좋은 듯했다.

"그래야지요. 그래야 단골이 생기죠."

현지가 웃으면서 대답을 해 줬다.

"이름 좀 알려주고가. 다음에 부를 일이 있으면 또 부르지. 바로 전화는 안 되나?"

"그건 좀 그래요. 오빠가 따로 있거든요. 그냥 여기서 내 이름을 부르면서 불러달라고 하면 될 거예요."

"이름이 뭐지?"

"현지라고 그러면 돼요."

"응. 현지. 알았어. 오늘 기분이 너무 좋았어. 이건 차비나 해서 가. 오늘 즐거웠어."

남자는 만 원 짜리 지폐 두 장을 꺼내 주었다. 말하자면 팁이었다.

현지가 정성껏 애무를 해 준 보답이랄 수 있었다.

"네, 고마워요. 다음에 부르시면 더 잘 해 드릴게요."

현지는 정말 고마웠다. 그냥 보내더라도 할말이 없을 텐데 팁까지 챙겨서 주는 남자를 보게 되면 고마움의 표시를 하지 않을 수 없었다.

"좀 쉬시다가 가세요."

현지는 인사를 하고는 밖으로 나왔다.

카운터에 들러 돈을 받고선 종혁의 차가 기다리고 있는 곳으로 갔다.

"여긴 됐고. 이제 저쪽으로 가자."

종혁은 시동을 걸어 두 번째 모텔로 갔다.

그곳은 미영이가 들어간 곳이었다.

미영은 아직 나오지 않고 있었다.

"오빠."

현지가 불렀다.

"왜?"

"남자들은 참 순수해."

"뭐가?"

종혁이 담배를 꺼내 불을 붙이면서 물었다.

"방에서 그런 거를 해 보면 남자들이 마치 어린애 같아. 왜 그런 생각이 들지?"

현지가 쿡쿡거리며 웃었다.

"아닐 텐데? 오늘 남자가 그랬어?"

종혁이 알고 있는 남자들이란 존재는 절대 그렇지 않았다. 돈을 주고 여자를 사는 것이기 때문에 남자들은 최대한 본전을 뽑겠다는 생각으로 여자를 못살게 구는 경향이 많다는 것을 알고 있었다.

"응 아주 신사다웠어. 내가 잘해서 그런가?"

"흠. 그럴지도 모르지. 대개 남자들은 본전을 뽑으려고 할 건데?"

"아냐. 오늘 그 남자는 안 그랬어. 난 딴 남자들과도 많이 해 봤잖아. 근데 오늘 그 남자는 아주 점잖았어. 그냥 내가 하는 대로 가만히 있었거든."

"그럴 수도 있지. 현지가 잘 해줘서 그랬겠지."

"으응 남자는 여자하기 나름이라는 말이 정말 맞는거 같아."

현지는 기분이 좋은 듯했다.

"그래. 남자는 단순해. 여자가 하기 나름이지. 그러니까 네가 너무 서두르지 않으면 남자는 고분고분하게 나올 거야 만약 네가 시간이 급하다고 하면서 쫓기듯이 대충 처리하려고 하면 남자는 본전 생각이 나겠지."

"난 그렇게는 안 해. 이왕 돈을 받는 거 기분 좋게 해 주고 나와야 다음에 또 부를 거라고 생각해. 안 그래?"

"하하. 맞아. 그래야 나도 먹고살지."

보도방과 아가씨들과의 관계란 바로 그런 것이었다. 아가씨들이 잘 뛰어 줘야 보도방이 편하게 되고, 보도방이 편하고 수입이 많게 되면 데리고 있는 아가씨들에게 잘 대해 주는 것이었다.

악어와 악어새의 관계랄까.

그들의 관계는 서로 돕는 처지일 수밖에 없었다.

잠시 뒤에 미영이 모텔 밖으로 나왔다. 미영이 뒷자리에 올라타자마자, 종혁은 차를 움직이기 시작했다.

차가 가는 동안에 영주한테서 전화가 걸려왔다.

"오빠. 어디야?"

"응 지금 가고 있어. 왜? 벌써 나왔나?"

"응. 아까 나와서 기다리고 있어. 빨랑 와."

"응. 알았어. 다 왔어."

종혁은 가속을 했다. 영주가 미리 나와서 찻길 가에서 서서 다시 전화를 받았다.

"네, 알겠습니다. 곧 갑니다."

전화 연락이 오면 곧바로 다른 애들을 태워서 움직여야 했다.

이번엔 네 군데의 모텔에서 연락이 왔다.

세 군데의 모텔에서 각각 한 명씩 보내달라는 연락이었고, 한 군데에서는 두 명을 보내달라는 부탁이었다.

종혁은 바쁠 정도였다.

운전을 하면서 형민에게 핸드폰을 때렸다.

"형. 나야 어디야?"

"왜? 밖에 있어. 왜 그래?"

형민은 종혁의 다급한 목소리에 일순 놀라는 표정이었다. 그런 일은 언제 어디서 사건이 터질지 모르는 일이었다. 만약 사건이 터진다면 매매춘으로 곧바로 사건이 될 수 있는 것이었다.

"응. 너무 바빠 좀 전에 세 군데 갔다 왔는데, 이번엔 네 명을 보내달래."

"야!"

형민이 소리를 벌컥 질렀다.

"왜?"

이번엔 종혁이 놀라서 어리둥절했다. 운전을 하면서 이어폰 마이크로 대화를 주고받고 있었다.

"이 형님이 그렇게 뛰니까 연락들이 오는 거 아냐. 그러면 고맙다고 해야지. 넌 좆나게 열심히 뛰기나 해. 연락이 많이 오니까 얼마나 좋냐. 안 그래? 하하하."

그제야 형민은 커다란 웃음을 터뜨렸다.

"알았어. 힘드는 건 아니고… 정신이 없네 머."

"야, 대빵."

"응."

"차근차근히 해. 혹시 빨리 움직이려다가 사고 내지 말고. 알았지?"

"응."

"애들한테도 잘하라고 시켜 차로 가는 동안에 그런 이야기나 귀에 못이 박히게 해 줘라. 넌 딴 거 없어. 애들이 잘하고 오면 자꾸 연락이 오게 돼 있어. 하하하."

"알았어. 형."

"하루에 스물 한 명을 뭐 빠지게 돌리면 너하고 나하고 나눠 갖는 돈이 얼만 줄 아냐?"

"하하. 알어."

"그러면 됐어. 난 또 급하게 연락이 오는 것 같아서 어디서 일이 터졌나 했지."

"하하. 그럴 일이야 있을라고. 바빠서 그랬어. 알았어. 끊어."

종혁은 전화를 끊고 나서 다시 애들에게 교육을 시켰다.

"방금 형님하고 통화를 했는데, 니들도 들었지? 한 사람이 세 바퀴씩만 뛰고 나면 니들도 돈 벌고 이 오빠도 돈 벌어. 형님이 그러더라. 니들이 열심히 뛰면서 손님한테 잘만 해 주면 줄줄이 연락이 오는 거라고. 알겠냐?"

"응. 오빠"

"니들이 어떻게 하느냐에 달렸어. 손님한테 서비스를 잘 해 주면 손님은 또 부르게 돼 있어. 그러니까 자존심이 다치지 않는 한도 안에서 서비스를 열심히 해 줘라."

"응. 걱정 마."

종혁은 제일 가까운 모텔부터 차례대로 한 사람씩 떨구고는 마지막 모텔에서 희선과 수지를 내려주고선 다시 처음의 모텔로 돌아와서 기다렸다.

어느 모텔이든지 간에 일찍 먼저 끝나서 핸드폰으로 연락이 오게 되면 그쪽으로 달려가서 여자애를 태워서 다시 처음에 둘렀던 모텔로 돌아오면 되는 것이었다.

모텔 앞에서 여자애가 차가 오기를 기다리면서 서성거리게 할 수는 없었다.

일단 일이 끝나면 신속하게 태워오는 것이 안전했다.

기다리는 동안에 또 다른 모텔에서 여자를 보내달라는 연락을 받으면 일단 여자애들을 집에까지 태워주고서 다른 여자애들을 태워서 움직이는 것이었다.

종혁은 차는 짙은 선팅이 되어 있어서 바깥에서 누가 본다고 해도 안에 누가 타고 있는지 모를 정도로 캄캄했다.

만일 손님이 술을 마셨거나 해서 여자애한테 막무가내로

시비를 붙어오지만 않는다면 사건이 터질 염려는 절대 없을 것이었다. 대개 그런 일에서 사건이 커지는 경우가 많았다.

형민으로부터 그런 일만 없다면 절대 문제될 것이 없다는 교육을 받은 종혁이었다.

그래서 가능하면 모텔에서 일이 끝나자마자 여자애들을 태워서 집으로 데려가 버리는 것이 상책이었다.

희선과 수지는 모텔로 들어갔다가 카운터에서 한 남자가 두 명의 여자를 원한다는 말에 서로 입이 딱 벌어졌다.

"왜요? 우리 둘을 보내달라는 거예요?"

"응."

"한 방에 두 남자가 있어요?"

"아니. 한 명이야."

모텔 주인이야 한 남자가 두 여자를 원하건 한 명의 여자를 원하건 상관할 바가 없다는 듯이 나왔다.

"왜 그래요? 우리 둘을 보내달래요?"

"그렇다니까. 돈을 줬어."

"…?"

희선과 수지는 할 말이 없었다. 괜히 주인과 실랑이를 해봐야 아무 소용이 없는 일이라는 것을 알고 있었다.

"어느 방인데요?"

"조기, 맨 끝 방. 1201방이야."

희선과 수지는 알았다는 듯이 일단 물러났다."

"그럼 어떻게 하지? 어떻게 하겠다는 거야?"

"글쎄 말이야 우리 둘을 불러놓고 뭐 하겠다는 거야"

수지도 투덜거렸다"

"이왕 왔으니까 할 수 없지 머 따라와"

희선이 용기를 내서 방문을 두드렸다.

"네."

안에서 남자의 굵은 목소리가 들려나왔다.

방안으로 들어선 희선과 수지는 침대 위에 비스듬이 누워 있는 남자를 볼 수 있었다.